ZNALEŹĆ DRZEWNĄ MIŁOŚĆ

MONIKA WIŚNIEWSKA

DLA MOJEJ MAMY

Dziękuję Ci za Twoją bezwarunkową miłość.
Jesteś moim najlepszym przyjacielem,
moją nadzieją, moją radością
i najważniejszą osobą w moim życiu,
bo dałaś mi to życie, abym mogła doświadczyć
wszystkich niesamowitych rzeczy,
które nauczyły mnie tak wiele,
i którymi mogę się teraz dzielić
wraz z częścią mojego serca i duszy
z resztą świata.
Ty jesteś PRAWDZIWĄ MIŁOŚCIĄ.

SPIS TREŚCI

Rozdział 1

JESTEM DRZEWEM

„Jeśli kiedykolwiek myślałeś, że masz zły dzień,
wyobraź sobie, że zamieniłeś się w drzewo
i pomyśl o swoim dniu jeszcze raz."
— Rupert

Dawno, dawno temu, w dalekim królestwie, a może nie aż tak dalekim, zależy od tego, gdzie mieszkasz, żył książę o imieniu Rupert.

Był on jedynym synem Króla i Królowej Zaczarowanego Królestwa Jeleni, gdzie tysiące tych pięknych stworzeń żyło w okolicznych lasach w pokoju i harmonii, chroniąc swoje terytorium, no i oczywiście samice. Samce miały największe poroża jakie można było sobie wyobrazić, co pozwalało im odstraszyć nawet najgroźniejsze drapieżniki. Jelenie znajdowały się pod opieką króla, a każdy, kto wyrządziłby im krzywdę, byłby schwytany i wtrącony do lochu do końca życia, dlatego nikt w całym królestwie nigdy się na to nie odważył, bojąc się tak surowej kary.

Książę Rupert, dość przystojny, ciemnowłosy młodzieniec o brązowych oczach, dzięki pełnemu miłości wychowaniu miał dość życzliwą i opiekuńczą naturę. Był jednak nieco temperamentny i rozpieszczony wszelakimi przywilejami od urodzenia. Lubił jeździć na koniu w głębiny lasu, gdzie drzewa były wysokie, strumienie płynęły krystalicznie czystą wodą, a zwierzęta takie jak zające, bobry, lisy, niedźwiedzie, ptaki i oczywiście jelenie żyły w doskonałej harmonii. Rupert bardzo lubił naturę i pewnego dnia zapragnął wyruszyć w głąb lasu, aby przetestować swój nowy łuk i strzały, prezenty, które otrzymał od króla na swoje trzydzieste urodziny. Łuk był złocony i wyrzeźbiony złotymi orłami, a strzały zrobione były z czystego srebra, lśniącego w słońcu. Król powiedział mu, że strzały powinny być używane tylko w śmiertelnym niebezpieczeństwie, ale w ten ciepły i wilgotny letni wieczór Rupert, widząc idealne miejsce, postanowił je wypróbować. Zsiadł z czarnego konia, zaciągnął strzałę w łuku, wycelował w stary dąb stojący majestatycznie po drugiej stronie strumienia i gdy tylko wypuścił strzałę, pewny, że trafi w sam jego środek, ogromny jeleń przybiegł i zatrzymał się przed nim, jakby wrósł w ziemię, patrząc w przerażonego Ruperta swoimi wielkimi, błyszczącymi oczami. Gigantyczne poroże jelenia jarzyło się ciepłym, niebieskim światłem, jakby zostało podpalone i łączyło się z samym Niebem. Wokół jego głowy latał niebieski motyl świecący pulsującym światłem w różnych odcieniach błękitu. Wpatrując się w Ruperta, jeleń nie poruszył się ani na centymetr, jakby wiedział, że jego śmierć jest nieunikniona i był na nią przygotowany. W tym ułamku sekundy, który dla nich obojga wydawał się wiecznością, srebrna strzała trafiła jelenia prosto w serce i upadł on z wielkim hukiem na ziemię, sprawiając, że jego poroże przestało świecić niebieskim światłem, a motyl odleciał w głąb korony drzew.

Przerażony Rupert wziął głęboki wdech, gdyż nigdy nie chciał zabić jelenia. Poczuł ogromny smutek i dwie krople łez napłynęły mu do oczu. Chwilę później jego stopy zaczęły zatapiać się w ziemię, jakby stał teraz pośrodku bagna. Został uwięziony w błotnistej glebie, która stała się szybko twarda, gdy tylko zanurzył w nią kostki i nie mógł się teraz ruszyć. Patrząc przed siebie, zobaczył wyłaniającego się zza drzew starca w długim, brązowym płaszczu i kapturze, który zakrywał większość jego długich siwych włosów, trzymającego długi, drewniany kij. Jego blada, pomarszczona twarz była pozbawiona wyrazu, a zimne, bez życia, zielone oczy wpatrywały się w Ruperta.

— Dlaczego zabiłeś jelenia? — zapytał, bez mrugania oczami, niskim, ale stanowczym głosem, który mógłby poruszyć górę.

— To był wypadek, przepraszam, nie chciałem. Celowałem w drzewo, a biedne stworzenie po prostu przed nim biegło. Nigdy bym nie zabił jelenia umyślnie — odpowiedział Rupert drżącym głosem, czując się winny za to, co zrobił.

— Zostaniesz za to ukarany — odparł mężczyzna głosem, od którego Ruperta przeszedł dreszcz.

— Ja?? O nie! Nie rozumiesz. Jestem synem króla i bardzo dobrze znam ojca. Wiem, jaka jest kara za zabicie jelenia, ale on nie wsadzi mnie do więzienia z powodu tego małego wypadku. Kocha mnie i chce, żebym został królem, kiedy umrze, — odparł Rupert, łapiąc desperacko powietrze w płuca, czując w piersi łomotanie serca, jakby chciało z niego wyskoczyć, ale wciąż starał się zachować dzielną twarz.

— Król jest sprawiedliwy i traktuje wszystkich w swoim królestwie w ten sam sposób, — odpowiedział mężczyzna, — i dlatego zostaniesz ukarany, — kontynuował bezlitośnie.

— Wytłumaczę mu wszystko, a on zrozumie. On jest moim ojcem. Dał mi tę strzałę na urodziny. Kocha mnie i troszczy się o mnie! — wykrzyknął Rupert tym razem bardziej zdesperowanym i błagalnym głosem.

— Nie będziesz miał szansy mu tego wyjaśnić. Zostaniesz tutaj na zawsze! — dodał mężczyzna, sprawiając, że słowo na zawsze zabrzmiało jak najstraszniejsze słowo na świecie.

— Co masz na myśli, `na zawsze'? Dlaczego? — wykrztusił gorączkowo Rupert, ale starzec szybko odwrócił się i zniknął za drzewami.

Nie mogąc ruszyć nogami, które teraz mocno tkwiły w ziemi, Rupert wezwał konia.

— Helios, podejdź tu przyjacielu, no chodź bliżej, proszę! Nie mogę się ruszyć, nie widzisz? Musisz tu przyjść i mi pomóc! — powiedział Rupert, ale silny wiatr zaczął poruszać liśćmi wszystkich okolicznych drzew, a wielkie ciemne chmury zakryły niebo, jakby nagle zapadła noc.

Rupert spojrzał na swoje stopy wbite w ziemię, które teraz zamieniały się w długie korzenie drzew, szybko wrastające w otaczający go obszar ziemi, a jego nogi zamieniały się w potężny pień drzewa.

— O nie! Co się ze mną dzieje?? Pomocy! — krzyknął w panice po raz ostatni, zanim całe jego ciało zamieniło się w potężny dąb.

Gałęzie powoli pokrywały się milionami zielonych liści, a korzenie tkwiły teraz głęboko w ziemi. Rupert otworzył oczy, a raczej dwie małe szczeliny w korze.

— Jestem drzewem?? Nieee!! To niemożliwe!! O Boże, to tylko zły sen i lada chwila się z niego obudzę. To tylko zły sen! — wykrzyknął, jąkając z rozpaczy z dużej brązowej huby, grzyba w kształcie półksiężyca, który był teraz jego ustami. Mniejsza huba, tuż nad nimi, stała się jego nosem.

— O nie, nie mam rąk, nie mam rąk! — wykrzyknął z przerażeniem, gdy próbował się poruszyć, bo jedyne, co zobaczył, to dwie jego największe gałęzie poruszające się powoli, wydające głośny trzask i szum.

Po chwili zobaczył tego samego starca powoli wyłaniającego się zza drzew i stającego tuż przed nim. Towarzyszyła mu grupa gigantycznych pająków, które wiernie za nim podążały, co jeszcze bardziej przeraziło Ruperta, ponieważ nigdy nie lubił pająków, zwłaszcza tak wielkich. Otaczała ich ciemna, gęsta mgła i starzec znów się odezwał, zdjąwszy kaptur ze swoich srebrnych włosów.

— Powiedziałem ci, że zostaniesz ukarany. To są starożytne zasady lasu. Król nie musi nikogo karać i wsadzać do więzienia za zabicie jelenia. To tylko mit. Matka Lasu wymierza sprawiedliwość, a ona zawsze jest sprawiedliwa i zawsze ma rację. Jest potężniejsza od samego króla, ponieważ rządzi wszystkimi lasami świata. Jest to niewypowiedziana zasada, o której król wie i którą aprobuje. Szanuje naturę, bo zna jej niezmierzone i wciąż nieodkryte moce. Należy szanować naturę, a jeleni nie można zabijać tylko dla zabawy. Zwłaszcza Matrasa, samego Króla Jeleni, największego i najodważniejszego przywódcy stada. Teraz las potrzebuje nowego i nie będzie łatwo zastąpić tak silnego, sprawiedliwego i mądrego jelenia. Stado będzie pozbawione dobrego przywódcy, dopóki nowy nie zostanie wybrany w Zawodach Jeleni, gdzie młode i silne samce będą walczyć o tytuł i przywilej. Naprawdę nie zdajesz sobie sprawy z tego, co zrobiłeś. Każde działanie ma swoje konsekwencje i teraz musisz je ponieść. Nazywają to karmą. Boże, zmiłuj się nad twoją duszą i cóż, powodzenia! — powiedział starzec już trochę mniej przerażającym, ale wciąż niskim i stanowczym głosem.

— Przepraszam, naprawdę, co jeszcze mogę zrobić? Gdzie ona

jest ta Matka Lasu? Muszę z nią natychmiast porozmawiać! Wyjaśnię, że to wszystko to jeden wielki błąd. To był wypadek i nie szukałem zabawy! Jestem pewien, że jeśli z nią porozmawiam i wszystko wyjaśnię, zrozumie mi i wybaczy — błagał Rupert.

— Tak, oczywiście, że możesz z nią porozmawiać. Ona jest wszędzie. W drzewach wokół ciebie, w rzece, w powietrzu, jest we wszystkich zwierzętach. Musisz tylko znaleźć sposób, żeby się z nią porozumieć. Zrozumie cię tylko w jeden sposób.

— W jaki sposób? Powiedz mi, a zrobię to! Proszę, pomóż mi!

— Niestety, sam musisz znaleźć do niej drogę. Nie ma łatwej odpowiedzi. Jeśli znajdziesz właściwy sposób, aby z nią porozmawiać, jestem pewien, że ci wybaczy i pozwoli wrócić do bycia człowiekiem, ale obawiam się, że dopóki nie dowiesz się, jak działa cały Wszechświat, pozostaniesz drzewem.

— Proszę, nie zostawiaj mnie, proszę zostań! Nie odchodź! Co mam teraz zrobić? Proszę, powiedz mi! — wykrzyknął Rupert, ale mężczyzny już nie było. Pająki podążyły za jego krokami, poruszając swoimi ogromnymi, włochatymi nogami, wywołując dreszcze u Ruperta.

— Świetnie, to katastrofa! To koszmar! Co mam zrobić? Jak? — pomyślał drapiąc się w głowę, a raczej w koronę drzewa, największą gałęzią pełniącą teraz rolę prawej ręki.

Koń spojrzał na niego swoimi wielkimi, ciemnymi, błyszczącymi oczami, zarżał głośno, pokazując białe zęby i pogalopował w głąb lasu.

— Zaczekaj! Dokąd idziesz? — zapytał, ale Helios, podobnie jak starzec, zniknął mu z oczu, zostawiając go samego.

Silny wiatr ustał, a ciemne chmury odpłynęły, odsłaniając szkarłatny blask nieba o zachodzie słońca, posypany tylko kilkoma różowawymi, puszystymi chmurami.

— Matko lasu! Gdzie jesteś? — Rupert krzyknął najgłośniej jak mógł, ale nie usłyszał odpowiedzi — Muszę z tobą porozmawiać! — krzyknął ponownie, ale nie usłyszał odpowiedzi, a jedynym dźwiękiem, jaki słyszał, był delikatny i kojący szum strumienia, puchanie sowy i śpiew ptaków w oddali.

— Hej, odejdź! To nie jest miejsce dla ciebie! — krzyknął ze złością, gdy szpak usiadł na jednej z jego gałęzi.

Rupert zaczął szybko poruszać gałęziami, próbując odstraszyć ptaka, ale ten się nie poruszył, jak gdyby się do niej przykleił. Następnie ptak podleciał bliżej niego, dotykając go dziobem, jakby szukał czegoś w jego korze.

— Halo, co robisz? Przestań! Łaskoczesz mnie — powiedział Rupert, zaczynając kręcić się w lewo i w prawo, próbując powstrzymać się od wybuchnięcia śmiechem od nieoczekiwanego doznania, ale szpak tylko spojrzał na niego zdziwionym spojrzeniem, jakby z Rupertem było coś nie tak i odleciał.

— O Boże, to katastrofa, co ja teraz zrobię? Nie mogę tak żyć! Jestem księciem! Księciem, który pewnego dnia zostanie królem — mruknął do siebie jękliwym głosem.

— Po prostu zrelaksuj się i płyń z prądem! — usłyszał niski, ale kojący głos dochodzący z innego dębu obok niego.

— Możesz mówić? — spytał Rupert.

— Cóż, ty też możesz mówić, co w tym dziwnego? — odpowiedział dąb i wyrwawszy korzenie z ziemi, odszedł, szeleszcząc i gwiżdżąc liśćmi.

— I możesz się ruszać? W jaki sposób? Drzewa się nie ruszają! — wykrzyknął Rupert będąc świadkiem tego dziwactwa.

— Och, zrelaksuj się, ty też możesz się ruszać, a kiedy to zrobisz, nie waż się iść za mną! Mam dość tego twojego hałasu — odpowiedział dąb.

— Mogę się ruszać? I mogę mówić? Dzięki ci, Boże! To znaczy, że... to znaczy, że... mogę wrócić do zamku i poprosić ojca o pomoc — pomyślał, czując nagłe promienie nadziei po tym objawieniu.

— Możesz iść wszędzie, z wyjątkiem zamku. To się nigdy nie stanie, więc nawet nie próbuj. Nikt nie może opuścić Zaczarowanego Królestwa Jeleni, gdy stanie się jego częścią. Poza tym, Matka Lasu nigdy ci nie pozwoli! — wykrzyknął radośnie dąb z oddali, zanim całkowicie zniknął.

— Hej! Ja nic nie powiedziałem! Słyszałeś moje myśli? Chyba zwariuję! Chwila, ja już zwariowałem! Jestem gadającym drzewem i mogę chodzić. Mogę chodzić? Naprawdę? Ok, zobaczmy, czy to prawda.

— Achhhrrrrr — jęknął kilka sekund później, usiłując poruszyć palcami u nóg, a raczej korzeniami.

— Idziemy! Uda ci się! Abrakadabra! Ruszaj stopami! To znaczy moimi korzeniami! — wykrzyknął do siebie, a korzenie zaczęły się poruszać, gdy kołysał się do przodu i do tyłu. Po chwili wszystkie wyłoniły się na powierzchnię.

— Tak! To magia! — wykrzyknął i roześmiał się głosem szaleńca.

— A teraz idziemy! — rozkazał stanowczym głosem, jakby prowadził armię na wojnę.

— Urrghhhh, no idź! Ruszaj! — powiedział z wielkim wysiłkiem, kołysząc się na boki i przesuwając się powoli w kierunku brzegu rzeki.

— O nie, tylko nie tam! Nie chcę skończyć jako kłoda odpływająca z nurtem rzeki. Teraz byłoby to bardzo niefortunne. Dość niefortunnych zdarzeń na jeden dzień. Jestem przecież cholernym drzewem! — pomyślał i zamiast tego ruszył wzdłuż brzegu rzeki, ślizgając się powoli po ziemi.

— Ok, wystarczy na dzisiaj. Jestem zmęczony — powiedział po, jakby się wydawało, wieczności, ale kiedy się odwrócił, zdał sobie sprawę, że odsunął się zaledwie kilka kroków dalej.

— Och, jestem taki zmęczony, chyba już pójdę spać, a kiedy obudzę się rano, jestem pewien, że ten koszmar się skończy — pomyślał i zamknął swoje dwie szczeliny w korze, czyli oczy.

— Przestańcie! — zawołał po chwili słysząc radosny śpiew ptaków. Ptaki ucichły, ale po kilku chwilach znów zaczęły śpiewać słodką melodię.

— Powiedziałem, przestańcie! — krzyknął ponownie i jeden z ptaków, piękny żółty z czerwonym ogonem i dziobem, podleciał bliżej niego.

— Dlaczego chcesz, żebyśmy przestali? Śpiewamy najnowsze piosenki z Top Dwudziestki Zaczarowanego Królestwa Jeleni. To są teraz najlepsze piosenki. Nie lubisz ich? — zaćwierkał ptak.

— Ty też potrafisz mówić?

— Tak jak i ty potrafisz — odpowiedział ptak, dodając — Co w tym takiego dziwnego? Skąd ty jesteś? Wychowywałeś się z ludźmi, czy co? Tylko oni nie rozumieją naszego języka. Myślą, że jesteśmy tylko głupimi ptakami, a przynajmniej większość z nich myśli, że tak jest.

— Nie obchodzi mnie, czy to najnowsze piosenki. Chcę spać. Jestem teraz bardzo zmęczony tą rozmową i chodzeniem. Jeśli nie zauważyłeś, jestem teraz starym drzewem. Jutro obudzę się z tego okropnego koszmaru i znów będę sobą.

— No, ale przecież ty jesteś sobą, nawet jeśli jesteś teraz drzewem. To wciąż ty, prawda? — odparł radośnie ptak.

— No tak. To znaczy... nie. Tak, to wciąż ja, ale to nie jest moje ciało. Jestem istotą ludzką. Przystojnym księciem o brązowych oczach i ciemnych włosach, we wspaniałym, muskularnym ciele. Jestem wysoki i bardzo atrakcyjny, a przynajmniej wiele razy to słyszałem od dam na dworze. Wiele księżniczek z innych królestw marzy o poślubieniu mnie, ponieważ mam tak wiele do zaoferowania. Piękny zamek i komnaty, szafy pełne jedwabnych sukienek, wspaniałych perfum, wystawnych obiadów, powozów na przejażdżki i oczywiście pięknych pierścionków z brylantami, rubinami i szmaragdami. Damy codziennie przysyłają mi mnóstwo miłosnych listów z nadzieją, że wybiorę je na moją żonę i nową księżniczkę Zaczarowanego Królestwa Jeleni. Wiesz, jestem prawdziwym skarbem, — powiedział dumnie Rupert, wypinając do przodu klatkę piersiową, a raczej to, co było teraz pniem drzewa, — i nie sądzę, że to zrozumiesz, ale kobiety nie potrafią mi się oprzeć, bo do tego jestem niesamowitym kochankiem. Tak przynajmniej powtarzały mi wszystkie księżniczki, z którymi się kochałem. Mówią, że mogę im nawet dać kilka...

— Ok! Nie musisz podawać mi szczegółów i przepraszam, że mam dla ciebie nową wiadomość: Teraz to się skończyło! Ani twoje bogactwo, ani twoje powozy, ani twoja biżuteria już im nie zaimponuje, a twoje muskuły nie będą już na nich robiły żadnego wrażenia — odpowiedział ptak, śmiejąc się głośno cienkim, piskliwym głosem, i dodał — nie chcę zabrzmieć okrutnie, ale tak jak właśnie powiedziałeś, jesteś teraz dębem, więc zapomnij o przeszłości, a jeśli chodzi o to, że jesteś wciąż sobą ze swoją osobowością, to pozostawia to trochę miejsca na poprawę, ośmielę się powiedzieć. Nie jesteś najpokorniejszym człowiekiem, skupiając całą swoją uwagę i wartość na wyglądzie i na tym, że jesteś bogaty, bo masz bogatego ojca — króla. Co jeszcze masz do zaoferowania jako ty? Czy twoje bogactwo jest wszystkim, czego potrzebujesz, aby znaleźć prawdziwą i wieczną miłość? Pomyśl o tym, bo będziesz miał teraz mnóstwo czasu na refleksje — odpowiedział ptak i ukształtował swój dziób w bezczelny półksiężyc, po czym rozciągnął kolorowe skrzydła i odleciał.

— Och, to… to… nie jest zbyt miłe! Ty mały, paskudny ptaszku, mówiąc mi, co o mnie myślisz. Jak śmiesz mówić mi, co myślisz? W ogóle mnie nie znasz. Myślisz, że mnie znasz dzięki krótkiej rozmowie, ale tak nie jest, a poza tym, kto głosował na wasze piosenki? Są nudne i na pewno nie są najlepszymi hitami! — wykrzyknął Rupert ze złością, gdy tylko ptak wylądował na długiej gałęzi drzewa tuż przed nim.

— Ale to jest rzeczywistość i smutna prawda, z którą musisz się teraz zmierzyć. Pomyśl o tym. Pomyśl, kim naprawdę jesteś. Moja rada dla ciebie jest taka; Zaakceptuj to, kim się teraz stałeś. Poddaj się nurtowi życia i nie próbuj z tym walczyć. To tylko przedłuży twoje cierpienie. Akceptując to, co jest teraz, odzyskasz wolność, szczęście, a może nawet doznasz oświecenia. To jedyna rzecz, która cię ocali. To klucz do zbawienia. Zaakceptuj chwilę obecną. Jako drzewo. Zaufaj mi, już to wszystko wcześniej widziałem. Drzewa, które akceptują to, kim naprawdę są, kwitną i żyją szczęśliwie przez setki lat. Drzewa, które nie mogą zaakceptować tego, kim są, wysychają i ostatecznie umierają samotnie, z połamanymi gałęziami.

— Och, od kiedy jesteś takim ekspertem ode mnie i wszystkich innych? Myślisz, że wiesz wszystko, ale tak nie jest — odpowiedział defensywnie Rupert.

— I moim skromnym zdaniem, musisz w końcu dowiedzieć się, czym jest prawdziwa miłość, ponieważ nadal tego nie wiesz, pomimo swojego wieku — odpowiedział ptak w sposób, który wydawał się Rupertowi raczej jak rozmowa z terapeutą, i dodał: Miłość to nie tylko bycie niesamowitym kochankiem. Nie możesz się bardziej mylić. Nie uda ci się zobaczyć niczego ważnego w życiu oczami, lecz tylko sercem.

— Czy tak to rzeczywiście jest w życiu? — zapytał Rupert, zdumiony głębią tej rozmowy.

— Tak, to prawda. Ponadto, tak dla informacji, głosowały na nas zajęczyce i biedronki. Kochają nas, nasze piosenki i są naszymi największymi fankami. Chodźcie! Lecimy zaśpiewać gdzie indziej, gdzieś, gdzie nasze urocze głosy i wysiłki są doceniane przez damy, a nie przez tego wielkiego marudzącego dęba! — odpowiedział ptak i szybko przeleciał na drugą stronę rzeki z innymi ptakami ze swojego zespołu, pozostawiając Ruperta w całkowitej ciszy.

— Wreszcie! Teraz mogę spać! — pomyślał Rupert i zamknął zmęczone oczy, zanurzając się w ciemności.

Rozdział 2

STO TRZYDZIESTOLETNI MŁODZIAK

A kiedy się obudziłem,
Ciepłe promienie słońca przenikały każdą cząsteczkę moich liści,
Energia przepływała przez mój pień
Sprawiając, że byłem podekscytowany i zachwycony kolejnym
dniem.
Wschód słońca, największy cud życia na Ziemi,
Zawsze pozostawia ciemność i daje nową nadzieję.
Nadzieję na kolejny dzień, na kolejną szansę,
Aby zacząć wszystko jeszcze raz,
Aby zacząć od nowa,
Aby odmienić swoje życie
I stworzyć chwilę,
która się nigdy nie powtórzy.
Stąd najcenniejszą rzeczą na świecie
Jest ten moment
Każda chwila życia
Bo jest niepowtarzalna
Bo jest wyjątkowa.
Nie można jej kupić.

Nie można jej przechowywać w słoiku.
Unosi się jedynie w powietrzu wiecznych wspomnień,
Które łączą nas ze sobą,
Wszechświat i naturę i każdą myśl,
Wieczną mądrość wszechświata,
Wszystko co wieczne.
To jedyne dziedzictwo, które damy naszemu potomstwu.
Upewnijmy się, że każda myśl, każde wspomnienie jest warte
przekazania,
aby świat rozwijał się i uczył przyczyniając się do jego zbawienia.
Nie cierpienie i nienawiść.
Oczyśćmy nasze myśli i umysły.
Stańmy się pustym płótnem do malowania,
Jedna myśl po drugiej,
Piękno w każdej,
Mądrość we wszystkich
I odrzućmy wszelkie negatywne myśli,
Bo one tylko odciągają nas od błogości.
Błogości, do której wszyscy dążymy,
Radości, za którą wszyscy tęsknimy,
Miłości, o którą wszyscy się modlimy,
Stańmy się nimi.

— Rupert

Kiedy obudziłem się o wschodzie słońca, poczułem ciepłe promienie słońca dotykające mojej twarzy.

Powietrze było rześkie i wypełniało moje płuca dodając mi energii. Kilka zielonych ptaków z żółtymi skrzydłami zaczęło ćwierkać wesołym głosem i, co zaskakujące, nawet mnie to nie denerwowało. Wschodzące słońce ponad szczytami drzew powoli zmieniało kolor z czerwonego na złocistożółty, muskając każdy liść, każde źdźbło trawy na łąkach i każdy szczyt gór w oddali. Zamek na wzgórzu skąpany był w złotych promieniach, przez co wyglądał świeżo, jakby budził się z tysiąca lat snu.

— Dzięki Bogu, że to był tylko zły sen i znowu jestem sobą — pomyślałem z ulgą — no ale jak mogę widzieć zamek nad wierzchołkami drzew? Nie pamiętam, żebym był taki... wysoki! Ahhhhhhhh! Nadal jestem drzewem! O nie! Nadal jestem cholernym drzewem! — wykrzyknąłem.

— Dzień dobry Rupercie, dobrze spałeś? — spytała ruda wiewiórka, która przyfrunęła do mnie z innego drzewa, rozkładając nóżki jak latawiec, lądując prosto na moim nosie i patrząc mi w oczy swoimi wielkimi brązowymi kulkami.

— Auaaa! — wykrzyknąłem, czując ostry ból od jej ostrych łap — przestraszyłaś mnie! Nie rób tego więcej — powiedziałem — Czekaj, a skąd ty znasz moje imię? I dlaczego jesteś na moim nosie?

— Wiem wiele rzeczy, o których ty nie wiesz! A ponieważ jesteś drzewem, mogę usiąść na tobie, gdziekolwiek zechcę — odpowiedziała piskliwym głosem, rozchylając usta i zamieniając je w półksiężyc, pokazując swoje malutkie białe zęby.

Wiedziałem, że to ona po puszystych rudych włosach na czubku głowy, które były ułożone w fale i pachniały bzami. Żaden samiec wiewiórki nie pachniałby bzem.

— Więc, dobrze spałeś? — kontynuowała, biegając po moim pniu w górę i w dół, łaskocząc mnie trochę, ale jakoś teraz mi to nie przeszkadzało.

— Tak, chyba tak, ostatniej nocy miałem nadzieję, że ten koszmar się skończy, kiedy się obudzę, ale wygląda na to, że był prawdziwy. Czy wiesz, dlaczego jestem teraz brzydkim, starym drzewem?

— Nie jesteś stary i nie jesteś taki brzydki. Przynajmniej w porównaniu z tym krzywym obok ciebie. Jesteś całkiem przystojnym młodym dębem, może masz zaledwie około sto trzydzieści lat, jak się domyślam! — odpowiedziała, potrząsając puszystym ogonem przed moimi oczami.

— Sto trzydzieści lat? O nie! Właśnie skończyłem trzydzieści lat i jestem młodym, przystojnym księciem. Oczywiście, kiedy jestem człowiekiem. Nie mogę mieć stu trzydziestu lat! O Boże, z minuty na minutę jest coraz gorzej! To znaczy, że powinienem już umrzeć. A może już nie żyję? Nikt nie żyje tak długo! — wykrzyknąłem.

— O nie, jesteś bardzo młody jak na dęba, a w świecie drzew jesteś tylko nastolatkiem, wciąż bardzo młodym, tak jakbyś się właśnie urodził. Dęby mogą żyć setki, nawet tysiące lat, a niektórzy twierdzą, że mogą żyć wiecznie. Widzisz tam tego faceta? Z dużymi, grubymi, krzywymi gałęziami? Ma czterysta lat i wciąż ma energię, żeby dołączać do nas na potańcówkach, gdzie uczymy się fokstrota od lisów i powiem ci, że jesteś jednym z najładniejszych młodych dębów, jakie kiedykolwiek widziałam, a widziałam wiele!

— Skąd w ogóle znasz mój wiek dębu? Jak to możliwe, że jesteś taka pewna? — pytałem, coraz bardziej zaciekawiony.

— Cóż, jestem ekspertem od drzew. Jak widzisz, jestem wiewiórką, ale możemy sprawdzić twój dokładny wiek, bo jesteś taki uparty — odpowiedziała z urokiem,

— Hej Julie, Malcolm, chodźcie tu! Zobaczmy, ile Rupert ma lat! — wrzasnęła mi do ucha, a dwie inne rude wiewiórki zbiegły z drzewa przede mną.

Wziąwszy pnącze z pobliskiego drzewa, owinęły nim moje ciało i wykrzyknęły jednocześnie: Tak, sto trzydzieści lat!

— Skąd możecie być takie pewne używając jedynie kawałka winorośli?

— Na każdy centymetr wokół talii masz rok, więc masz sto trzydzieści lat, ale jak powiedziałam, to nic w latach dębu, więc nie martw się — odpowiedziała z szerokim uśmiechem na maleńkiej twarzy, pokazując ponownie dwa przednie zęby lśniące w porannym słońcu.

— Rozumiem, cóż, to ma sens, wydaje się, że znasz się na rzeczy, a więc jak masz na imię? — zapytałem z ciekawości, gdyż właśnie poznałem imiona dwóch jej przyjaciółek.

— Nazywam się Leticia i prowadzę najlepszy Wiewiórkowy Klub Szydełkowania w całym lesie. Szyjemy suknie z mchu, winorośli i kwiatów, głównie dla dria... — urwała nagle, ale dodała — Jeśli chcesz dołączyć do naszego klubu, musisz poczekać do przyszłego roku, ponieważ niestety nie przyjmujemy teraz żadnych nowych członków, ale mogę ci dać znać, jeśli będziemy mieli wolne miejsca na wiosnę, jeśli chcesz?

— Nie, dziękuję, nigdy nie byłem fanem robienia na drutach, ani szycia sukienek. Moja mama wydziergała mi śliczny kocyk, gdy byłem dzieckiem i któregoś dnia pięknie go rozprułem. To najbliżej tego rzemiosła, kiedykolwiek byłem, ale jeśli macie Dębowy Klub Szydełkowania, mogę dołączyć do was w przyszłym roku — odpowiedziałem, śmiejąc się z mojego niesamowitego poczucia humoru — oj, chwila, nie będę tu przecież w przyszłym roku. O czym ja w ogóle żartuję — mruknąłem, śmiejąc się na samą myśl robienia na drutach jako drzewo. — Leticia, umm, to bardzo ładne imię, ale nie zrozum mnie źle, bo nie chcę brzmieć niegrzecznie. Kto dał ci twoje imię? Z pewnością wiewiórki nie mają imion.

— Och, to Matka Lasu dała mi to imię, kiedy byłam dzieckiem. Pewnego dnia przyszła do mamy mówiąc, że od teraz będę nazywać się Leticia. Moja mama przyjechała tu z innego królestwa, którego nazwy zapomniałam, zaczynającego się na Hisz..., poznała mojego tatę i tu zostali. W każdym razie muszę już lecieć i poszukać żołędzi, które wczoraj schowałam, zanim zupełnie zapomnę, gdzie je zakopałam. O nie! Myślę, że już zapomniałam, gdzie je zakopałam, no świetnie! Kolejne zapadły w ziemię. Z powodu mojej sklerozy w tym lesie będzie rosło zbyt wiele nowych dębów. Muszę umówić się z Zeldą, hipnoterapeutką lisów. Słyszałam, że jest całkiem dobra w pomaganiu innym wiewiórkom w zapamiętywaniu, gdzie trzymają orzeszki. Szczególnie przydatne dla starszych wiewiórczych dziadków, jeśli wiesz, o co mi chodzi. Tu w lesie mówimy, że faceci mają orzeszki, no wiesz co najmniej dwa, no, chyba że zostali wykastrowani przez ścigające ich zwierzęta i niechcący stracili swoją męskość. Życzę ci miłego dnia i pamiętaj, że jesteś tylko młodym dębem, więc nie płacz więcej jak jakaś dębowa dzidzia, proszę! Pa! — powiedziała i pobiegła wzdłuż mojej gałęzi, aż do samego jej końca.

— Hej, czekaj, ta Matka Lasu, dobrze ją znasz? Gdzie ona jest? Muszę z nią porozmawiać o tym niefortunnym błędzie, który popełniła!

— O tak, znam ją bardzo dobrze. Jest niesamowita i nigdy nie popełnia błędów, bo jest idealna. Tu ją wszyscy szanują, a niektórzy nawet się jej boją, ponieważ jej gniew może być śmiertelny. Wszyscy ją znają i wszyscy wiedzą, że nie powinna się zbytnio denerwować, bo potem mogą im się przydarzyć dziwne rzeczy. Więc nie zdenerwuj jej, to moja rada! — wykrzyknęła Leticia, rozłożyła szeroko wszystkie łapy wzbijając się w powietrze i wylądowała po chwili na drzewie obok.

Biegała po jego gałęziach z wprawą cyrkowca, wywijając i obracając się wokół nich z niezwykłą giętkością.

— „Wow, też chciałbym móc to robić. Dlaczego Matka Lasu nie zmieniła mnie w wiewiórkę? Mógłbym być wolny i giętki jak Leticia oraz robić, co chcę. Teraz jestem starym, ale właściwie młodym dębem. Prawda, jestem wysoki, więc widzę ponad niektórymi wierzchołkami drzew, oraz tak, podobno jestem przystojny, jak na dęba oczywiście, ale już żadna księżniczka mnie teraz nie poślubi. Kto chciałby poślubić drzewo? Co mam teraz zrobić? Gdzie jesteś Matko Lasu? Gdzie jesteś? Nienawidzę cię za to, co mi zrobiłaś. Jesteś okropną kobietą, która tak surowo ukarała mnie za to, co było tylko pomyłką. To najgorszy czas w moim życiu. Kto chciałby być drzewem, gdy ma przed sobą całe życie? To kara, której nigdy ci nie wybaczę ty paskudna kobieto, chyba że natychmiast ją cofniesz. Tak, będziesz musiała to zrobić i zrobisz to, gdy tylko cię znajdę" — powiedziałem do siebie z uczuciem bliskim szaleństwa i bycia całkowicie bezsilnym, bo teraz uwięzionym na drzewie.

Rozdział 3

ETERYCZNA PIĘKNOŚĆ

Wyjście na spacer, gdy jest się dębem, nie jest łatwym zadaniem.

Po pierwsze jestem powolny, po drugie jestem ciężki, po trzecie stopy, których nie mam i które są teraz pajęczyną długich korzeni, muszę przeciągać po ziemi od lewej do prawej w ruchu kołyszącym, jakbym zamiatał podłogę. Tak, tak właśnie się czuję, chociaż nigdy tak naprawdę nie zamiatałem podłogi, bo robiła to za mnie służba w zamku, a teraz jestem zwykłym dębowym zamiataczem w lesie. Nie pomagają mi też w tym liczne przeszkody na drodze: krzaki, gigantyczne paprocie, gałęzie zwalone z drzew, chwasty rosnące wzdłuż rzeki. To nie jest tak, że sobie chodzę po gładkiej tafli zamarzniętego jeziora, ale co jeszcze mogę zrobić? Po prostu idę dalej, pomimo niedogodności bycia drzewem. Nie jestem pewien, dokąd idę, ale nie mogę tak po prostu stać jak wryty i nic nie robić, czekając na swoją śmierć. Zwłaszcza jeśli mam żyć jako dąb przez kolejne sześćset lat lub dłużej! To zbyt długie czekanie na śmierć i nic nierobienie ze swoim czasem. Muszę znaleźć Matkę Lasu, tę... tę paskudną kobietę, która nie ma nic lepszego do robienie niż zamienianie młodego i przystojnego księcia w drzewo. Poczekaj, aż cię znajdę, a powiem ci, co myślę o twoich zabawach ludzkim życiem, ale zrobię to dopiero, gdy usuniesz zaklęcie i znów będę mógł być człowiekiem. Wcześniej postaram się być dla ciebie miły. Postaram się. Och, no i... muszę przestać do siebie gadać.

Wchodząc głębiej w las po tym, co wydawało się wiecznością, zauważyłem migoczące światło za drzewami. Przysunąłem się bliżej i wszedłem na otwartą przestrzeń, gdzie wodospad krystalicznie czystej wody tryskający ze szczytów skał łączył się z falami turkusowej tafli jeziora otoczonego wysokimi paprociami. Kolorowe ptaki siedziały w koronach drzew, ćwierkając i śpiewając, tworząc harmonijną melodię, jakby orkiestra grała doskonale skomponowany utwór muzyczny. Słońce wysoko na zachodzie rzucało cienie drzew na taflę wody. Potężny wodospad spryskiwał powietrze mgiełką maleńkich kropelek delikatnie dotykających moich liści i pokrywając je wszystkie jedne po drugich. Zapach geranium i polnych kwiatów unosił się w powietrzu, zaskakująco odprężając moje zmęczone chodzeniem ciało i zestresowany umysł. Złociste, różowe i niebieskie motyle tańczyły wokół mnie, pozostawiając za sobą maleńki poślad iskierek za każdym razem, gdy mgłę przenikały promienie słońca, sprawiając, że sceneria wyglądała, jakby cały las był zaczarowany. Ummm, a może tak było?

„Ah więc tak wygląda raj" — pomyślałem, głęboko wzdychając i zauważyłem smukłą sylwetkę kobiety wyłaniającej się z paproci po lewej stronie strumienia. Wydawało się, że jest zupełnie naga, powoli wchodząc do krystalicznie czystej wody, podczas gdy jej długie kasztanowe włosy delikatnie kołysały się na jej plecach, otulając perłową skórę ramion, która wydawała się błyszczeć jak diamenty w promieniach słońca. Kiedy jej kostki zanurzyły się w wodzie, uniosła ręce do nieba, a woda uniosła się z obu stron, łącząc jej palce i płynąc bez wysiłku w górę i w dół, tworząc anielskie skrzydła i najpiękniejszą wizję, jaką kiedykolwiek widziałem w życiu. Wyrzeźbione kontury jej sylwetki, jej długie nogi, długa szyja i plecy migotały we mgle wokół niej, jakby była jakąś leśną boginią, która może kontrolować otaczającą ją przyrodę. Powstała na niebie tęcza stworzyła kopułę dla tego boskiego spektaklu. Wiedziałem, że ona była nie z tego świata. Jej eteryczne piękno sprawiło, że na ułamek sekundy zapomniałem o moim nieszczęsnym byciu drzewem. Kiedy skończyła się ta niebiańska wizja po opuszczeniu przez nią rąk, odwróciła się i spojrzała mi prosto w oczy. Zdębiałem. To była najpiękniejsza kobieta, jaką kiedykolwiek spotkałem. Jej ciemne, błyszczące oczy przeszyły moją duszę do głębi, aż zabrakło mi tchu.

— Aukk, auk — zacząłem się dusić, nie mogąc nabrać powietrza i panikując, że umrę w najbardziej niefortunnym momencie, widząc najpiękniejszą piękność na Ziemi.

Oderwała ode mnie wzrok i wskoczyła do wody, stapiając się z delikatnymi falami powierzchni, które mieniły się w promieniach słońca i zamieniały ją w płynne złoto. Wziąłem głęboki oddech.

„Dzięki Bogu, teraz mogę znowu oddychać, ale gdzie ona zniknęła? Nie widzę jej, — pomyślałem, kiedy zniknęła całkowicie pod wodą i moje palpitacje serca ustały — a jeśli ona potrzebuje pomocy? Może powinienem wskoczyć i ją uratować. Ona mnie chyba potrzebuje" — pomyślałem, ale gdy zanurzyłem korzenie w przyjemnie ciepłej wodzie, zauważyłem, że wynurza się po drugiej stronie strumienia z mokrymi włosami przyklejonymi do jej idealnie wyrzeźbionych pleców i otulającymi jej kobiecą sylwetkę greckiej bogini, ale zanim nawet zdążyłem zamrugać moimi skrzypiącymi, drewnianymi powiekami, zniknęła za gigantycznymi paprociami.

Niebo zmieniło się we wszystkie odcienie błękitu, ponieważ zachodzące słońce schowało się już za skałami, zamieniając wszystko w granatowe cienie. Niebieskie motyle opanowały scenerię, gdy ich setki pojawiły się znikąd, zataczając swoimi świecącymi skrzydłami kręgi wokół mnie i nad taflą wody. Trwało to tylko chwilę, co sprawiło, że zacząłem się zastanawiać, czy to była najbardziej magiczna niebieska godzina jaką widziałem w moim życiu.

— „Kto to był? Cóż za nieziemska piękność. Z pewnością jest Aniołem zesłanym z Nieba. Jak to się stało, że nigdy wcześniej jej nie widziałem? Od dziecka jeżdżę na Heliosie w tym lesie, ale tego wodospadu i jeziora nigdy nie widziałem. Dziwne. Chyba nigdy nie zaszedłem tak daleko" — pomyślałem — „gdybym tylko był teraz sobą, przystojnym księciem, jestem pewien, że by mnie polubiła. Nie mam teraz szans, aby jej zaimponować, bo jestem brzydkim dębem, z gałęziami zamiast rąk i grzybową hubą jako usta. Nigdy by się we mnie nie zakochała. Nikt by tego nie zrobił. Nikt nie pokochałby obrzydliwego drzewa, które nie ma nic innego do zaoferowania poza kawałkiem sztywnego drewna. Teraz jestem dla niej niczym. Jestem dla siebie niczym. Nienawidzę tego, kim się stałem. Nienawidzę mojego nowego ciała. Nienawidzę tego lasu. Nienawidzę tej okropnej kobiety, która mi to zrobiła. Nienawidzę tego świata. Nigdy nie zaakceptuję tego, kim jestem. Nigdy. Ten ptak nic o mnie nie wie. On się myli. Zmienię to. Odnajdę Matkę Lasu i poproszę ją o litość. Nie ma innego sposobu, żebym znów był szczęśliwy. Znajdę ją i przeproszę za to, co zrobiłem, choć tak naprawdę to nie mam za co przepraszać. Zabicie tego jelenia było tylko przypadkiem i to wszystko, do czego się przyznam. Ten koszmar musi się skończyć i to natychmiast."

Rozdział 4

KWAK

— „Zakochanie się, gdy jesteś drzewem, jest bardziej niefortunne, niż mogłoby się wydawać, ponieważ żadna istota ludzka tej miłości nie odwzajemni — pomyślałem z przerażeniem, zakorzeniając się później tej nocy w malowniczym miejscu przy wodospadzie — Kim ona była? Muszę ją odnaleźć. Cóż to było za piękność, cóż to była za kobieta. Gdzie ona poszła? Gdzie mieszka? Dlaczego była sama w lesie?" — kontynuowałem swój wewnętrzny dialog.

— To Amara, leśna piękność, piękniejsza niż jakakolwiek inna kobieta w całym Zaczarowanym Królestwie Jeleni, kwak! — powiedział głos ze środka krzaka przede mną, przerywając mój strumień myśli.

Kiedy przyjrzałem się bliżej, zobaczyłem najbardziej kolorową kaczkę, jaką w życiu widziałem, z czerwonym dziobem, białymi, niebieskimi i fioletowymi paskami, czerwonawą twarzą i wąsami oraz dwoma dużymi pomarańczowymi piórami, które stały pionowo jak żagle łodzi w morzu.

— Kim jesteś? — zapytałem.

— Jestem Olek, twój nowy przyjaciel, kwak! — odpowiedziała radośnie kaczka, formując dziób w uroczy półksiężyc.

— Nie potrzebuję przyjaciół, nic mi nie jest, wystarczy, że znajdę Matkę Lasu i to skończę, ale muszę przyznać, że jesteś bardzo kolorowy jak na kaczkę.

— Nie jestem jakąś zwykłą kaczką. Jestem kaczką mandarynką, kwak!

— Kaczka mandarynka? Co to jest? Lubisz jeść mandarynki? — odpowiedziałem, chichocząc.

— Moi rodzice pochodzą z królestwa na Wschodzie. Wiesz, gdzie to jest? Pewnie nie. Urodziłem się w Zaczarowanym Królestwie Jeleni, ale jak widać, jestem dumny z tego, skąd pochodzę. Kocham ten las, ale marzę o powrocie do krainy moich przodków i poznaniu moich korzeni!

— A to ciekawe, bo ja właśnie poznałem moje korzenie, haha!

— Bardzo śmieszne. Moja mama i tata mówią, że kiedyś tam pojedziemy, ale w tej chwili są zajęci wieloma innymi sprawami, np. zdobyciem kolejnego gniazda dla mojej siostry, wiesz, jak to jest w lesie, zawsze chodzi o lokalizację, lokalizację, lokalizację.

— Ach rozuuuuuumiem, więc Olek, czy wiesz, gdzie mogę znaleźć tę słynną Matkę Lasu, o której wszyscy oprócz mnie wiedzą? Jak widzisz, zrobiła mi strasznego figla. Nie jestem tym, za kogo mnie uważasz. Nazywam się Rupert i jestem przystojnym, młodym księciem, synem twojego króla. Muszę tylko jak najszybciej pozbyć się tego okropnego zaklęcia.

— Umm, to nie jest takie proste, jak mogłoby się wydawać. Nie możesz po prostu do niej podejść i powiedzieć jej, co ma robić. Jej się to nie spodoba. Ona jest... umm, jak by to ująć, bardzo stanowczą i potężną kobietą. Nikt nie odważy się jej powiedzieć, co ma robić, a to dlatego, że ona już wszystko wie. Wie, co myślisz i co zamierzasz powiedzieć, zanim jeszcze to zrobisz. Pójście do niej i powiedzenie jej, co chcesz, żeby dla ciebie zrobiła, nie zadziała, ale co tam, to jest tylko moja opinia, a kim ja jestem? Tylko kaczką mandarynką, kwak.

— Ok, więc co proponujesz? — zapytałem, mając nadzieję, że w końcu dostanę jakąś wskazówkę, co powinienem zrobić, nawet jeśli miałoby to pochodzić od... kaczki.

— Spójrz, no znowu się kłócą! Pary w dzisiejszych czasach. Hej, przestańcie! — wykrzyknął Olek i poleciał na drugą stronę potoku w kierunku dwóch kaczek robiących dużo hałasu.

— Hej, czekaj, jeszcze nie skończyliśmy! Opowiedz mi o Matce Lasu! — krzyknąłem, ale ponieważ Olek mnie zignorował, przysunąłem się do brzegu, żeby zobaczyć, o co chodzi.

— Gdzie byłeś ostatniej nocy!? Ty łajdacząca się kaczko! Czekałam na ciebie! Nie mogłam zasnąć, bo zniknąłeś! — wykrzyknęła szara kaczka do kolorowej, patrząc na nią, jakby miała odgryźć mu głowę.

— Byłem z chłopakami. Felix miał urodziny i wypiliśmy za dużo wody różanej, która była bardzo mocna i wydawała się trochę sfermentowana, a potem wszyscy zasnęliśmy we własnych objęciach — odpowiedziała druga kaczka, próbując przebić się przez hałas swojej partnerki.

— Mogłeś wysłać Robina, żeby dał mi znać! Jesteś takim egoistą, nie dbasz o moje uczucia! Naprawdę nie wiem, dlaczego za ciebie wyszłam. Kwak! — odkrzyknęła szara kaczka, zmieniając dziób w półksiężyc skierowany w dół.

— Przepraszam, ale ja też potrzebuję trochę wolności, nie możesz tak po prostu trzymać mnie w tym więzieniu, tylko na tym jednym stawie, nie pozwalając się spotykać z innymi kaczkami na parę tańców szturchańców. To nie jest małżeństwo, na które się pisałem. Kwak!

— Ok, ok uspokójcie się wszyscy, od waszych krzyków boli mnie głowa — powiedziałem w końcu, nie mogąc już słuchać tego hałasu i jednocześnie zastanawiając się, skąd właściwie wziął się mój ból głowy, skoro nie miałem już ...głowy.

— Oj, Rupert, odejdź, to sprawa prywatna. Jak się ożenisz, to zrozumiesz — odpowiedziała po chwili ciszy szara kaczka.

— Cóż, jak widzisz na pierwszy rzut oka, to szybko nie nastąpi. Jeśli jeszcze nie zauważyłaś, jestem teraz brzydkim drzewem! — ryknąłem ze złości i poczułem, że za chwilę wybuchnę łzami, ale powstrzymałem się, nie chcę robić sceny przed kompletnie obcymi kaczkami, które przypadkowo spotkałem w lesie.

— Hej, nie jesteś brzydki, jesteś bardzo przystojnym dębem — odpowiedziała szara kaczka znacznie łagodniejszym głosem, który uspokoił mnie trochę.

— Więc jesteście po ślubie i kłócicie się w ten sposób? Ok, więc to o to chodzi w małżeństwie? Walczenie ze sobą jak opętane kaczki? — zapytałem zdumiony.

— Pobraliśmy się o zachodzie słońca cztery miesiące temu. Moja dobra przyjaciółka, łabędzica Rita, była świadkiem wraz ze swoim mężem, a potem mieliśmy cudowną imprezę, pływając w kółko, śmiejąc się i zjadając mnóstwo robaków, które dla nas przynieśli. To był najpiękniejszy i najszczęśliwszy dzień w moim życiu — odpowiedziała szara kaczka z nostalgią w głosie.

— Och, mój też — odpowiedział jej mąż, patrząc na nią wzruszonymi oczami.

— Tak, ale Rita i jej mąż to łabędzie, a one łączą się w pary na całe życie, więc ona może spokojnie żyć, mając pewność, że mąż nie poleci za żadną inną łabędzicą, ale ten tutaj, no cóż, nie mam żadnej gwarancji. Łatwo może się zgubić w drodze do domu i wylądować w gnieździe innej kaczki, na przykład mandarynki — dodała, spoglądając teraz na Olka, unosząc brwi.

— O nie, nie, nie! Moja żona jest mi wierna, myślę, że masz na myśli jakąś inną kaczkę mandarynkę, proszę, nie rzucaj oskarżeń bez żadnego dowodu. Ja i moja ukochana Nina jesteśmy teraz bardzo szczęśliwi i spodziewamy się dziesięciorga dzieci i na pewno wszystkie są moje, a przynajmniej mam taką nadzieję. Och, nienawidzę cię teraz za uniesienie brwi bez żadnego dowodu. Nie rób tego więcej. Mamy też z Niną nadzieję, że wszystkie się wyklują, ale nigdy nie wiadomo z kaczkami. Może wyjdzie tylko osiem lub dziewięć, ale wreszcie teraz będziemy rodziną i jesteśmy z tego powodu bardzo szczęśliwi — odpowiedział z dumą Olek, potrząsając wszystkie kolorowe piórka.

— Ok, no więc może nie puści się z kaczką mandarynką, ale nigdy nie wiem, gdzie ten się łajdaczy, tak jak ostatniej nocy, nie mogłam spać ze stresu i zmartwień, a on nawet nie dba o to, jak się czuję — dodała, szlochając wielkimi łzami.

— Och, moje kaczątko, kocham ciebie i tylko ciebie, przepraszam, że nie wysłałem mojego przyjaciela Robina z uspokajającą wiadomością i przynoszącego ci moje piórko jako dowód mojej wierności. Proszę, wybacz mi, nie zrobię tego ponownie. Nie wiedziałem, że będziesz się tak bardzo o mnie martwić. Widzisz, wciąż uczę się, jak być dobrym mężem i muszę przestać myśleć jak kaczor kawaler. Obiecuję, że zmienię się na lepsze. To dla ciebie, proszę, weź to jako moje przeprosiny. Wybaczysz mi, moje kaczątko? — zapytał cicho, uśmiechając się od ucha do ucha, trzymając w dziobie trzcinę i szybko trzepocząc rzęsami, które wydawały się niezwykle długie, przynajmniej jak na kaczora.

— Ok, wybaczam ci, mój kaczorze, ale proszę, nie rób tego ponownie — odpowiedziała stanowczo i wyjęła trzcinę z jego dzioba, a ten zaczął skubać jej pióra na szyi.

— Przestań — odpowiedziała, rumieniąc się i śmiejąc przez

wpół otwarty dziób, próbując utrzymać w nim prezent, który właśnie otrzymała, i odsunęła się, ponieważ mąż szczypał ją teraz pod obydwoma skrzydłami.

— No chodź, chodźmy do domu, potrzebuję trochę miłoooo…, kwak — wykrzyknął i podążył za nią, śmiejąc się i chichocząc, znikając za trzciną.

— Wow, myślę, że właśnie pomogliśmy tej parze ponownie się zakochać — powiedziałem do Olka, który siedział nad brzegiem strumienia i oglądał to przedstawienie z otwartym dziobem.

— Tak, jesteśmy dobrym zespołem. Mówiłem, że będziemy dobrymi przyjaciółmi — odpowiedział z uśmiechem.

— Nie potrzebuję przyjaciela. Odnajdę Matkę Lasu i wyniosę się stąd na zawsze — odpowiedziałem, oddalając się od niego.

— Czy tędy droga? — spytałem Olka, który wciąż stał, jakby był przyklejony do ziemi.

— Nie wiem. Nie chcesz być moim przyjacielem, więc dlaczego miałbym ci mówić? — odpowiedział i odwrócił się do mnie swoimi pierzastymi, kolorowymi pośladkami.

Wyruszyłem więc samotnie w najciemniejsze głębiny lasu w nadziei, że wkrótce dotrę do celu. Mijanie gałęzi innych drzew i wchodzenie na skały nie było przyjemnym przeżyciem. Pomyślałem, że normalnie drzewa nie powinny jednak chodzić, ale teraz, kiedy stałem się jednym z nich, cały ten las zamienił się w poruszający się i gadający cyrk, o którym istnieniu nigdy wcześniej nie wiedziałem, kiedy byłem człowiekiem. Spojrzałem w górę i zobaczyłem, że niebo znów przybiera ciemniejszy odcień błękitu. Czerwonawe promienie słońca pokrywały teraz moje oraz innych drzew liście. Odwróciłem się i zobaczyłem Olka idącego za mną człapiąc swoimi małymi kaczymi stopkami.

— Hej, dlaczego mnie śledzisz? Mówiłem ci, że nie potrzebuję przyjaciół! — wrzasnąłem.

— Myślę, że przydałby ci się tu przynajmniej jeden przyjaciel, bo wydaje się, że już przestraszyłeś wszystkie inne ptaki, a co jeśli spotkasz wilka lub niedźwiedzia? Kto cię wtedy obroni? Przynajmniej ja mogę ci pomóc radą — odpowiedział radośnie.

— Nie potrzebuję twojej pomocy ani ochrony. Dlaczego wilk lub niedźwiedź chciałby zaatakować dęba? No i jak ty mógłbyś walczyć z niedźwiedziem, będąc śmieszną kaczką? Właściwie to chciałbym to zobaczyć. To tylko głupia wymówka, żeby się za mną włóczyć — odpowiedziałem.

— Nie wiesz, do czego zdolne są wilki i niedźwiedzie, kiedy zorientują się, że jesteś człowiekiem w drzewie. Mogą próbować się do ciebie dostać, rozerwać na kawałki i zjeść twoje ciało, a czy pomyślałeś o trollach? Pokroją cię na kawałki i wykorzystają jako kłody do wieczornego ogniska — odpowiedział Olek niskim głosem, co sprawiło, że zacząłem się zastanawiać, czy mówi prawdę, czy tylko próbuje mnie przestraszyć.

— Dobra, a czy wiesz, gdzie mogę coś zjeść? Właśnie zdałem sobie sprawę, że nie jadłem nic od wczoraj, kiedy zmieniłem się w to ohydne... — odpowiedziałem, sfrustrowany myślą o utracie ludzkiej postaci, tożsamości i seksownego ciała.

— Ha! Jesteś zabawny. Cały czas jesz i cały czas pijesz. Przez swoje korzenie i przez liście, bo jesteś teraz drzewem i tak właśnie żyjesz. Nie możesz po prostu zjeść na śniadanie steku z jelenia i przepiórczych jaj, jeśli tego chciałeś i po co tu przecież przyjechałeś, prawda? — odpowiedział Olek głosem przepełnionym głęboką pewnością, że zna wszystkie odpowiedzi.

— Nie, nie przyszedłem tu po to. Już ci mówiłem, że nie chciałem zabić tego jelenia. To oznacza więc, że nie muszę szukać jedzenia? Przynajmniej to przydatne, biorąc pod uwagę okoliczności nieszczęsnego życia, w którym się znalazłem. No i nie, nigdy nie zamierzałem zjeść tego biednego stworzenia. Już wszystkich przeprosiłem. Dlaczego nikt mnie tu nie słucha? Dlaczego Matka Lasu mnie nie słucha, skoro, jak wszyscy tutaj twierdzą, słyszy mnie i jest wszędzie? Jestem oskarżony o coś, czego nigdy nie zamierzałem zrobić. Zresztą zostaw mnie teraz w spokoju! Wezmę to w swoje ręce, znaczy gałęzie, uhhh. Sam ją znajdę! — krzyknąłem na Olka, denerwując się jego głośnym wymądrzaniem, jakby ten mądrala znał wszystkie odpowiedzi na świecie.

Rozdział 5

DRZEWO ŻYCIA

Uczucie kojącego ciepła na ciele, a dokładniej mówiąc, na moim pniu, tuż przed zaśnięciem, nie było czymś, czego spodziewałem się będąc sam w środku lasu.

Miałem też nadzieję, że to nie Olek przytulił się do mnie jak jakaś kaczka dziwaczka, no ale nigdy nie wiadomo z takimi kaczkami jak on. Kiedy spojrzałem w dół, zdębiałem. To była, to była... ona! Eteryczna piękność! Jej długie, ciemne włosy lśniły w świetle księżyca, kiedy opierała się plecami o mnie, czytając książkę przy małej latarni ze świecą. Czułem, jak jej energia emanuje przez moją pomarszczoną korę w górę kręgosłupa, czyli mojego pnia, aż po czubki palców, a teraz liści. Wypełniała mnie najcudowniejszym błogim uczuciem, sprawiając, że moje soki płynęły naprawdę szybko, coś, co mogłem opisać tylko jako... miłość.

— „Och, to ona i dotyka mnie. Jak mam dać jej znać o moim istnieniu? Nie mogę. Nigdy mi nie uwierzy, że faktycznie jestem przystojnym księciem. O Boże, co ja zrobię? Co mam zrobić?" — pomyślałem w panice.

Nagle usłyszałem szelest dochodzący z ciemności otaczających mnie wysokich paproci, a potem stękanie i sapanie. Zanim zdążyłem cokolwiek powiedzieć, by ostrzec moją piękność, olbrzymia bestia pokryta długim srebrnym futrem z warczącymi białymi zębami i wściekłymi oczami wyskoczyła z nich, strasząc moją piękność, która teraz stała i opierała się o mnie, upuszczając książkę i latarnię na ziemię. Czułem, jak szybko oddycha, ale nie powiedziałem ani słowa. Bestia zbliżała się coraz bardziej. Wiedziałem, że muszę jej bronić. Musiałem ją chronić, ponieważ mogła umrzeć, gdybym tego nie zrobił. Bestia ze śliną spływającą po wściekłej paszczy zbliżała się do nas swoimi ogromnymi włochatymi łapami. Piękność nie poruszyła się ani na krok, trzymając mnie mocno obiema rękami, próbując ukryć się za mną. Wiedziałem, że muszę coś zrobić. Opuściłem gałęzie i z pełną siłą uderzyłem w bestię, która wzleciała wysoko w powietrze i z głośnym hukiem upadła na ziemię. Unosząc się powoli, z językiem ociekającym krwią z rozcięcia boku szczęki, cofnęła się i uciekła ze świstem poruszających się we wszystkich kierunkach paproci.

— Dziękuję ci za uratowanie mi życia — wyszeptała najsłodszym głosem, jakby harfa Niebios witała Raj.

Uniosłem gałęzie i spojrzałem na nią ze zdumieniem, zastanawiając się, czy wiedziała, że jestem w drzewie.

— Czy wszystko... ok? — zapytałem nieśmiało, nie wiedząc, czy mnie usłyszy.

— Tak, czuję się dobrze, po prostu się trochę przestraszyłam. Widzisz, to był Morteror, nocny strażnik lasu. Często denerwuje się, gdy widzi ludzi spacerujących w nocy. To jego pora, aby rządzić, a on chroni tylko swoje terytorium. To był jednak tak miły ciepły wieczór, że postanowiłam tu przyjść i poczytać książkę, słuchając świerszczy i rechotu żab — odpowiedziała patrząc mi prosto w oczy.

— Ach, rozumiem, ale dlaczego nie boisz się samotnie chodzić po lesie? Zwłaszcza w nocy? — zapytałem zdumiony jej odwagą.

— Mieszkam w chacie nad pobliskim stawem. Wychowałam się tutaj. Ten las jest moim domem. Wiem o tym wszystko. Tutaj niczego się nie boję. Cały ten las jest moim domem.

— Więc nie wydaje ci się dziwne, że mogę z tobą porozmawiać? Jeśli nie zauważyłaś, jestem drzewem.

— Nie, tutaj nic mnie nie zaskoczy. Widzisz, ten las jest magiczny. Jest pełen rzeczy, których wiele osób wcześniej nie widziało, więc gadające drzewo wcale nie jest dla mnie niespodzianką — odpowiedziała.

— Właściwie nie jestem drzewem, to znaczy, jestem, ale w rzeczywistości jestem człowiekiem. Jestem Książę Rupert z Zaczarowanego Królestwa Jeleni, prawowity następca tronu. Zamek na wzgórzu jest moim domem i tam mieszka moja mama i tata, czyli król i królowa. Muszą naprawdę się o mnie martwić, nie wiedząc, gdzie teraz jestem. Widzisz, ta zła kobieta, zwana Matką Lasu, zmieniła mnie w ten... ten okropny dąb tylko dlatego, że zabiłem jelenia.

— A więc jesteś mężczyzną w tym drzewie?

— Tak to prawda. Jestem bardzo przystojny, z falującymi ciemnymi włosami i brązowymi oczami, niesamowitym muskularnym ciałem i wyrzeźbionym brzuchem. Jestem tak przystojny, że wszystkie księżniczki z innych królestw chcą mnie poślubić — odpowiedziałem, dumny z tego, kim naprawdę byłem.

— Rozumiem, przystojny książę w drzewie. Wiesz, może wyglądam, jakbym była tylko naiwną młodą dziewczyną, ale nie wierzę w to. Właściwie nigdy nie słyszałam bardziej absurdalnej historii — odpowiedziała chichocząc.

— Ale to prawda! Jestem przystojnym księciem w tym... w tym drzewie. Musisz mi uwierzyć! — odpowiedziałem, czując, jak gotuje mi się krew w żyłach, czyli soki w moim pniu.

— Wiem, że drzewa potrafią mówić, ale nie wiedziałam, że mają taką wyobraźnię. Proponuję zobaczyć się z lekarzem, Zeldą, lisicą, która potrafi wyleczyć każdą chorobę drzewa, nawet tą, która jest no wiesz... wyimaginowana — wyszeptała i zamrugała z zadziornym uśmiechem.

— Dziękuję za radę, ale nie jestem szalony. Jestem tylko piekielnym drzewem! To wszystko. Nie, to znaczy mam na myśli, że jestem księciem! Ahhh tracę rozum, tracę swoją tożsamość!Kim ja właściwie jestem? — wykrzyknąłem z frustracją.

— Ok, ok, uspokój się. Nawet gdybym ci uwierzyła, co by to zmieniło? — odpowiedziała trochę poważniej i spokojniej.

— Cóż, na początek możesz mi powiedzieć, gdzie znaleźć tę okropną kobietę, która mi to zrobiła.

— A kim jest ta kobieta? — spytała z ciekawością.

— Staruszek w kapturze powiedział, że ona nazywa się Matka Lasu, znasz ją?

— Jaki znowu staruszek?

— Kiedy zabiłem olbrzymiego jelenia z rogami świecącymi, jakby płonęły błękitnym ogniem, pojawił się staruszek i srogim głosem oznajmił, że zostanę ukarany oraz, że tylko Matka Lasu może to zaklęcie zdjąć — wyjaśniłem najlepiej, jak potrafiłem.

— Och, to mógł być Tallin, przewodnik leśny, który mieszka w lesie i jego zadaniem jest trzymanie porządku. Zostałam przez niego wychowana po tym, jak moi rodzice zmarli wkrótce po moim urodzeniu. Często odwiedzał mnie oferując pomoc. Nie chcę zabrzmieć okrutnie, ale zasłużyłeś na swój los za zabicie jelenia. Dlaczego zabiłeś to biedne stworzenie?

— Nie chciałem go zabić, to był wypadek, przebiegł przed srebrną strzałą, którą wycelowałem w drzewo. Chciałem tylko wypróbować prezent urodzinowy od mojego ojca.

— Ummm, nie powinieneś był celować w drzewo. Co to było za drzewo?

— To było najwyższe drzewo, jakie kiedykolwiek widziałem, znacznie wyższe niż wszystkie inne, było szerokie i mocne, więc pomyślałem, że dobrze byłoby wystrzelić w niego strzałę.

— Drzewo Życia!? Próbowałeś zranić Drzewo Życia? Nic dziwnego, że zostałeś tak surowo ukarany! Jest to drzewo, z którym są połączone wszystkie inne drzewa. Jeśli coś się z nim stanie, cały las zachoruje i wkrótce zginie. Nikt nie może skrzywdzić tego drzewa, nawet strzałą. Ta rana może się zakazić i drzewo umrze. Matka Lasu musiała wysłać biednego, niewinnego jelenia, aby poświęcił swoje życie i chronić cały las. Więc teraz zabiłeś Króla Jeleni, które zostały bez przywódcy. To takie..., takie... nieodpowiedzialne z twojej strony. Nic dziwnego, że zostałeś tak surowo ukarany za tę straszną ofiarę i mam nadzieję, że coś się przez to nauczyłeś, — odpowiedziała.

— To rzeczywiście straszne w przypadku jelenia i drzewa, ale ja... ja... nie wiedziałem tego wszystkiego.

— Oczywiście, że nie wiedziałeś i nie obchodziło cię to, bo jesteś tylko egoistycznym człowiekiem, który myśli, że może przyjść do lasu i go niszczyć bez żadnych konsekwencji — odpowiedziała odsuwając się nieco ode mnie.

— Hej, no ale ty też jesteś człowiekiem, prawda? — zapytałem, próbując wskazać na fakt oczywisty, żeby przestała mnie osądzać.

— Różnica między tobą a mną polega na tym, że ja kocham ten las ponad wszystko i umarłabym, aby go chronić. Jedyne co ty zrobiłeś, to spowodowałeś śmierć tego, który żył tu spokojnie — odpowiedziała stanowczym głosem.

Podniosła latarnię, zamknęła otwartą książkę z moim liściem, aby zaznaczyć, gdzie przerwała ją czytać i wbiegła w ciemność, zostawiając mnie znowu samego.

„Och, ona jest niesamowita. Co za kobieta! Taka szczera do bólu, taka pełna temperamentu, ale zarazem taka opiekuńcza. Co się tu właściwie wydarzyło? Nakrzyczała na drzewo i odeszła?" — pomyślałem, znów cały zdębiały.

Rozdział 6

NIEWIDOCZNY

Usłyszenie dźwięku królewskich rogów w oddali oznaczało dla Ruperta tylko jedno, a mianowicie to, że ratunek jest już w drodze i wkrótce zostanie uwolniony z uwięzienia w drzewie.

— Co to takiego? — spytał Olek, który wskoczył na jedną z jego gałęzi, potrząsając znów swoimi kolorowymi piórkami.

— To musi być... mój ratunek! Rozpoznaję te dźwięki rogów. Mój ojciec, sam król przybywa, aby mnie uratować! Dzięki Bogu cuda jednak się zdarzają. Muszę tylko pomóc mu znaleźć mnie tutaj — odpowiedział Rupert, ale chociaż bardzo chciał wyrwać się z korzeni i ruszyć w kierunku słyszanego dźwięku, nie mógł.

— Dlaczego nie mogę się ruszyć? Muszę odnaleźć ojca, żeby mógł mnie stąd zabrać.

— Umm, oni się zbliżają, ale myślę, że nie możesz się ruszyć, ponieważ oni są ludźmi, a ty nie możesz im powiedzieć o swoim istnieniu, a przynajmniej nie jako chodzące i gadające drzewo — odpowiedział Olek, a gdy zamilkł, z gąszczy przed nimi wyskoczyły dwa psy myśliwskie, a za nimi trzej królewscy jeźdźcy dmuchający w rogi.

Następnie wyłonił się król na koniu ubrany w skórzaną kurtkę, w zielonym zamszowym kapeluszu z piórkiem. Zatrzymał się, rozejrzał, podniósł rękę i wykrzyknął; — Stójcie! Musimy odpocząć, niech konie napiją się z rzeki, są zmęczone.

— Tak, mój panie, powiedział dworzanin i zeskoczywszy z konia, podszedł do króla i pomógł mu zsiąść z czarnego ogiera.

— Ojcze, ojcze! Jestem tutaj! Tak się cieszę, że mnie znalazłeś! Tak długo na ciebie czekałem! — wykrzyknął Rupert.

— Mówiłem ci, że cię nie usłyszy, jest człowiekiem, a ty nie możesz się z nimi porozumieć — oznajmił Olek.

— Mogę się z nim porozumieć! Mogę przecież rozmawiać z Amarą. Ona też jest człowiekiem — odpowiedział Rupert z przekonaniem, nie pozwalając Olkowi oderwać się od swojej misji — Ojcze, ojcze, ja tu jestem! — krzyknął jeszcze głośniej. — Ciiiicho, uszy mi eksplodują za minutę. On cię nie słyszy! Nie rozumiesz?

— Ale dlaczego?Jest tutaj, żeby mnie uratować — odparł Rupert, wciąż nie mogąc się ruszyć, sparaliżowany od korzeni po sam czubek korony — Dlaczego mnie nie słyszysz? Jestem tu ojcze! — Rupert płakał w środku z rozpaczy, ale łzy nie mogły popłynąć z jego drewnianych oczu.

— Myślę, że musimy wracać, jest już za późno na dalsze poszukiwania. Robi się ciemno i z zachodu nadciąga wielka burza — powiedział król do swojego dworzanina stojącego po prawej stronie. — Gdzie on jest? Minęło wiele dni, odkąd Rupert wyjechał i nie rozumiem, dlaczego pozwoliłby swojemu koniowi samodzielnie wrócić do zamku. Musiało się stać coś złego. Gdzie jest mój ukochany syn? — kontynuował — Czekaj, co to jest? — zapytał, widząc lśniący przedmiot w paproci, a gdy podszedł bliżej, zobaczył łuk, który podarował Rupertowi jako prezent urodzinowy — Lordzie Thomas, to łuk mojego syna! Mój prezent dla niego. Miał go przy sobie, kiedy ostatni raz widziałem go wyruszającego na przejażdżkę. On musi gdzieś tu być. Mam nadzieję, że nic złego mu się nie stało. Mój najdroższy synu. Gdzie jesteś Rupercie!? — wykrzyknął z desperacją.

— Jestem tutaj!! Jestem tu ojcze! — Rupert krzyknął jeszcze raz, ale na próżno, choć król podszedł do niego — Proszę, zbliż się do mnie ojcze, może wtedy mnie usłyszysz — szepnął Rupert i właśnie wtedy, jakby król go usłyszał, położył swoją lewą rękę na korze, a prawą zakrył oczy, ocierając łzy. — Jestem tu ojcze, kocham cię i tęsknię za tobą i moją matką, proszę, wysłuchaj mnie, proszę, ocal mnie od tego nieszczęścia, jestem tutaj — wyszeptał, a z tej rozpaczy kropla wody wyciśnięta z jego liścia spłynęła w dół, aż do ręki ojca, delikatnie ją muskając. Król podniósł powieki i poczuł kroplę na dłoni. — Tak, ojcze, jestem tutaj, to ja Rupert — wyszeptał kolejny raz z rozpaczą, ale nie otrzymał odpowiedzi, czując najbardziej rozdzierający ból, będąc tak blisko tego, którego kochał, a który nie mógł tego poczuć, ani o tym wiedzieć.

— „Jak mogę być tak blisko, a nie być w stanie wyrazić mojej miłości?" — pomyślał.

Król zdjął rękę z kory, w szybkim tempie wsiadł na konia i wykrzyknął — Ruszajmy! Już czas!

Zniknął szybko w mroku lasu wraz z innymi, którzy za nim podążali. Rupert wpatrywał się w znikające sylwetki ludzi, których znał i ukochanego ojca. Po raz kolejny został sam w ciemności myślenia własnej duszy.

— „Jestem niewidzialny. Dlaczego? Dlaczego ja?"

Rozdział 7

TROLLE

— Amara, łap! — warknął Runo, srebrnoszary wilk wielkości człowieka z białym sercem na futrze po lewej stronie swojego muskularnego ciała, gdy tylko wyskoczył z kępy wysokich paproci.

— Co to jest? — wykrzyknęła Amara, kiedy złapała wielką kulę zrobioną z mokrego mchu — Co robisz? — zapytała.

— Zagrajmy! — odpowiedział Runo z uśmieszkiem, pokazując swoje gigantyczne, błyszczące, białe zęby i łącząc swoje długie uszy ku sobie, składając je wręcz jeden na drugim, tworząc mały łuk, tak jak robił to za każdym razem, gdy chciał się bawić lub błagał o litość za bycie niegrzecznym.

Następnie skoczył w kierunku Amary, próbując złapać piłkę zębami, ale Amara, zdając już sobie sprawę, że to będzie zabawa, uniosła piłkę wysoko w powietrze, unikając zapadnięcia się w nią zębów Runa. Wyrzuciła ją wysoko w powietrze, a gdy spadała, uderzyła ją przed siebie silnym uderzeniem ręki.

— Auch! — wykrzyknęła, ponieważ nie zdawała sobie sprawy, jak ciężko to będzie wykonać — co muszę zrobić, aby wygrać? — zapytała i roześmiała się, zaczynając gonić za piłką tuż obok Runa, który jak tylko to zobaczył, obrócił się wokół drzewa i pobiegł za nią i piłką.

— Widzisz tam te dwie gałęzie? Musisz wbić piłkę między nie, jeśli chcesz wygrać, ale nie zrobisz tego, ponieważ ja to zrobię! — odpowiedział Runo, śmiejąc się głośno, ale gdy tylko to powiedział, rozpłaszczył się na dębie, zsuwając się jak naleśnik z patelni.

— Och, myślę, że mimo wszystko mogę wygrać! — wykrzyknęła Amara, łapiąc piłkę i rzucając nią prosto w środek dwóch gałęzi.

Runo, szybko ochłonąwszy z zawstydzającego momentu, podskoczył wysoko w powietrze i uderzył piłkę głową, ratując wynik w ostatniej minucie.

— Ty sprytna bestio! — wykrzyknęła Amara i znów pobiegła za piłką, ale gdy tylko ją złapała, zatrzymała się, jakby ugrzęzła w ziemi.

Tuż przed nią stały dwa gigantyczne trolle. Wpatrując się w nią swoimi dużymi, ciemnymi, wrogimi oczami, podniosły ją za ramiona w powietrze. Upuściła kulę mchu i krzyknęła — Runo!

W następnej chwili był tylko wir i świst wiatru. Kiedy ponownie otworzyła oczy, była już na plecach Runa, trzymając go za miękkie srebrne futro na jego szerokiej szyi, czując wiatr we włosach pieszczący jej policzki i muskający jej długie włosy, nie widząc nic poza wierzchołkami drzew i słońca zachodzącego na horyzoncie przygotowującego się do snu we wielkich puszystych chmurach.

— Dziękuję za ponowne uratowanie mnie. Co bym bez ciebie zrobiła? Jesteś moim najlepszym przyjacielem. Przyjacielem, o którym marzyłam całe życie. Dziękuję, że zawsze jesteś po mojej stronie. Tak bardzo cię kocham — powiedziała, pieszcząc jego długie futro na jego grzbiecie i przytulając głowę do jego szyi.

Runo biegł z niesamowitą prędkością, coraz wyżej i wyżej, prawie nie dotykając koron drzew. Milczał i czuł tylko wielką miłość i wdzięczność za przyjaźń Amary. Może przez to, że był samcem, było mu trudniej okazać jej swoje uczucia, a może dlatego, że miłość i tak nie wymagała wielu słów. Wiedział, jak ją okazać każdą cząsteczką siebie oraz każdym włosem swojego srebrnego futra. Wiedział też, że jego białe serce jakby wyryte na futrze było jego drugim sercem tylko dla niej.

— Odpocznijmy tutaj — powiedział w końcu, skacząc na wysoką skałę przy wodospadzie w kształcie otwartej dłoni skierowanej w górę.

Woda tryskała równomiernie, wydając delikatny dźwięk, który, jak sądził, sprawi, że całe doświadczenie będzie teraz dla nich nieco bardziej relaksujące.

— Czego one ode mnie chcą? Dlaczego zawsze chcą mnie złapać i dlaczego chcą mnie skrzywdzić? — spytała Amara, patrząc na zmęczone, ale iskrzące w zachodzącym słońcu oczy Runa.

— Myślę, że po prostu chcą cię skrzywdzić, ponieważ... no cóż, jesteś sobą, a one nigdy nie będą tacy jak ty. Jesteś piękna, kochająca i współczująca. Umiesz rozmawiać z całym lasem, a dla mnie jesteś Królową Lasu, że tak powiem, a nie ta Matka Lasu — odpowiedział, wyciągając łapy na ciepłych skałach, czując dumę i spełnienie po udanej ucieczce przed niebezpieczeństwem.

— Ale dlaczego tak się czują? Dlaczego nie mogą być takie jak ja? Kochać przyrodę, kochać drzewa i kochać zwierzęta? Nie trzeba wiele, aby okazywać miłość całemu Wszechświatowi, to największa radość, jakiej możemy doświadczyć tu na Ziemi. Z jakiego innego powodu urodzilibyśmy się na tym świecie i nie odczuwali do niego tej niesamowitej miłości? Jestem pewna, że one też mogą to zrobić. Dlaczego nikt ich nie uczy jak żyć lepiej? Może po prostu potrzebują pomocy?

— Nie sądzę, żeby ktokolwiek odważył się spróbować im pomóc, zjadłyby ich żywcem, zanim mieliby szansę dać im jakąś poradę. Wiesz, trolle co wieczór wracają do swoich jaskiń i siedzą przy ognisku, samotnie lub w małych grupkach, nieszczęśliwe z powodu kolejnego dnia, nieszczęśliwe z powodu kolejnej nocy, czując złość i nienawiść do siebie i całego świata. Są poza nadzieją jakiejkolwiek pomocy. Próbowałem. Tylko raz. Nie skończyło się to dla mnie dobrze. Musiałem biec szybciej, niż teraz z tobą. Dopóki nie nauczą się najpierw kochać siebie, nic i nikt im nie pomoże. Może trolle nie są tak ładne, jak ty, ale mają swoje własne trollowe piękno. Duże puszyste uszy, brzuchy, owłosione stopy i okrągłe czerwone nosy, ale gdyby były miłe w środku, ludzie postrzegaliby je jako najsłodsze leśne stworzenia. Jestem tego pewny, ale jak powiedziałem. Nie kochają samych siebie. Nienawidzą tego, kim są wewnątrz i na zewnątrz, dlatego też wyrażają swoją nienawiść do innych, chcąc ich zabić, a następnie usmażyć na kolację. Wszechświat pomaga zarówno im, jak i nam, ale dopóki nie nauczą się kochać i akceptować siebie takimi, jakimi są, na zawsze będziemy żyć w śmiertelnym niebezpieczeństwie.

— To bardzo smutne Runo, ale wiesz co, wierzę, że pewnego dnia dowiedzą się o sile miłości. Znajdą ją w sobie, a ten świat stanie się lepszym miejscem. Nazwij mnie marzycielką, ale naprawdę w to wierzę — odpowiedziała Amara ze wzmocnioną pasją w głosie i entuzjazmem.

— Wiesz co Amara, nazwij mnie szalonym, ale myślę, że możesz mieć rację. Pewnego dnia wydarzy się cud i trolle zostaną wyleczone z nienawiści. Nawet wiem, kto im w tym pomoże.

— Kto?

— Chodźmy na obiad. Zauważyłem kilka soczystych jagód nad brzegiem rzeki po drodze — odpowiedział Runo, zmieniając temat i zaoferował Amarze swoją wielką, silną łapę, aby mogła ponownie wspiąć się na jego grzbiet i przeżyć kolejną niezwykłą przejażdżkę.

Rozdział 8

KOŁYSKA

Bycie jednym z najwyższych drzew w lesie ma swoje zalety, takie jak budzenie się przy pięknym wschodzie słońca, który mogę podziwiać ponad innymi drzewami i obserwowanie porannej mgły, powoli unoszącej się z dolin.

W takich chwilach zapominam o moim nędznym życiu jako drzewo. Również chwile spędzone z Amarą sprawiają, że całe doświadczenie jest nieco przyjemniejsze.

„Naprawdę ją lubię, naprawdę ją bardzo lubię. Nie mogę się doczekać, kiedy znów będę sobą i będę mógł jej powiedzieć co do niej czuję" — powiedziałem do siebie, głęboko wdychając świeże powietrze i słysząc jak mój nowy przyjaciel Robin zaczyna swoją poranną sonatę, — Hej Robin, jak się masz dzisiaj?

— Jestem szczęśliwy jak zawsze. Myślę, że słyszysz to w moim głosie? Chociaż dzisiaj trochę boli mnie gardło, a moje struny głosowe są dziś rano trochę zardzewiałe.

— Oh wcale nie, są w porządku, dla mnie brzmisz bardzo dobrze.

— Uhhh…. Naprawdę powiedziałeś mi komplement? Właściwie to okazujesz się być… miłym dębem.

— Cóż, nie ma sensu być dla siebie okropnymi skoro i tak musimy tu być, przynajmniej na razie, ale pamiętaj, że nie na długo.

— Dlaczego jesteś taki szczęśliwy? Czy to z powodu tej dziewczyny? — zapytał z bezczelnym uśmiechem na dziobie, wyraźnie widocznym na tle rudej plamy z przodu.

— Raczej nie, a może tak... nie wiem. Wiesz, naprawdę ją bardzo lubię. Chyba się zakochałem — odpowiedziałem w końcu.

— Tak, widzę jak twoja kora robi się czerwona za każdym razem, gdy się zbliża. Czy swoją obecnością przyspiesza ci puls? A czy daje ci motyle w brzuchu?

— O tak, ona sprawia, że mój puls szaleje, to znaczy, nie mam teraz pulsu, a może wciąż mam? A motyle? Może nie pojawiają się w moim żołądku, ale pojawiają się za każdym razem, gdy ona jest blisko mnie. Urocze niebieskie, promieniujące pulsującym niebieskim światłem, ale przyznaję jestem zauroczony i jednocześnie zagubiony z tym wszystkim. Muszę tylko odnaleźć tę Matkę Lasu. Słyszałeś coś o niej i wiesz, gdzie jest?

— Nie wiem, zapytam borsuki, kiedy je dzisiaj odwiedzę, ale nie mogę nic obiecać. Niedługo będą miały dzieci. Organizują baby shower. Chcesz przyjść? — zapytał zachęcająco Robin.

— Umm, czy nie sądzisz, że jestem trochę za duży, aby wziąć udział w przyjęciu dla nienarodzonych dzieci borsuków?

— Ależ nie, wszystko będzie dobrze... ok no może trochę dziwne, ale możesz po prostu stać z daleka. Borsukowa mama, Emily, już wspominała, że chciałaby cię poznać. Wiesz, borsuki są bardzo miłą parą, ale Tommy, jej mąż, lubi dużo imprezować. Mogę powiedzieć ci w tajemnicy jednak, że on też jest bardzo miły i bardzo grzeczny, zwłaszcza kiedy jest w jej towarzystwie. Rozumiesz co mam na myśli? Myślisz, że będą mieli pięcioro, sześcioro czy siedmioro dzieci? Na ile się założysz?

— Och, skąd mam wiedzieć? Nie jestem ekspertem od niemowląt. Dobrze, pójdę z tobą, wszystko zrobię, co odciągnie mnie od stania tutaj jak sztywna kłoda przez cały dzień. Kiedy idziemy?

— Cóż, biorąc pod uwagę prędkość z jaką się poruszasz, lepiej wyruszmy już teraz. Może dojdziemy tam na popołudniową herbatkę. Co weźmiemy w prezencie? Jakieś pomysły?

— Och Robin, poważnie? Pytasz mnie?

— Ok, ok, mam pomysł. Weźmy trochę lilii dla Emily i dla maluchów...ummm, a może zrobisz kołyskę dla dziecka z jednej ze swoich gałęzi? To byłby bardzo osobisty prezent. Taki od serca, a raczej od gałęzi. Umiesz ją zrobić? Wsadzisz w nią trochę świeżego mchu, żeby była dla nich mięciutka i ozdobisz niebieskimi dzwonkami, żeby była jeszcze ładniejsza.

— Dobrze, spróbuję — odpowiedziałem i widząc jak Robin odlatuje po mech, zebrałem małe gałązki leżące obok mnie, wciąż mokre od porannej rosy, i uformowałem z nich mały koszyk. Ucinanie własnej gałęzi uznałem za barbarzyństwo.

Kiedy Robin wrócił, włożyliśmy do środka miękki, puszysty mech, a ja sięgnąłem po kilka lilii z wody i przyczepiłem je po przeciwnej stronie kosza. Robin następnie przyniósł w dziobie kilka błękitnych dzwonków i posypał nimi całą kołyskę.

— Proszę bardzo — powiedziałem — teraz jesteś zadowolony?

— No, no, no, muszę powiedzieć, Rupercie, że masz talent i kiedy będziesz miał własne dzieci, będziesz dobrym ojcem robiącym kołyski z gałęzi i takie tam...no pięknie mój przyjacielu — powiedział Robin wystawiając pomarańczowy brzuch do przodu i potrząsnął swoją wielką szarą grzywką, która wyglądała jak fryzura roztrzepanego wieśniaka, ale nigdy nie odważyłem się mu tego powiedzieć prosto w dziób, nie chcąc ranić jego ptasich uczuć.

— Hej, nie naciskaj, jeszcze daleko mi do myślenia o dzieciach. Jestem jeszcze młody, mam dopiero trzydzieści lat, mam czas.

— Nie, powiedziałbym raczej, że... masz około stuuu...

— Przestań, to tylko chwilowa usterka. Niedługo to się skończy — odpowiedziałem i podniosłem kołyskę, najsłodszą rzecz, jaką kiedykolwiek stworzyłem w moim życiu i zacząłem poruszać się powoli, jak zwykle — W którą stronę? — wykrzyknąłem.

— Chodź za mną, ale jeśli nie masz nic przeciwko, będę kontynuował moją poranną piosenkę, ponieważ w pewnym sensie przerwałeś moją rutynę — odpowiedział Robin lecąc tuż przed moim nosem.

— Ok mój przyjacielu, nie ma problemu, powyj sobie — odpowiedziałem i powolnymi, szumiącymi od liści ruchami zacząłem ślizgać się po mokrych liściach i kasztanach. — Gdybyś był jednak tak uprzejmy i usunął swoje pierzaste pośladki sprzed mojej twarzy to byłoby wspaniale — dodałem.

Kiedy w końcu dotarliśmy nad rzekę, co rzeczywiście zajęło nam trochę czasu, Emily była tak podekscytowana naszym widokiem, że wybiegła ze swojego domu, małej drewnianej chatki, pokrytej od dachu do ziemi mchem, z zaledwie maleńkim okienkiem z okiennicami i podbiegła, aby nas przywitać.

— Bardzo się cieszę, że was widzę! Proszę wejdźcie, to znaczy, oprócz ciebie Rupercie, oczywiście, ależ miło mi cię poznać! Dużo o tobie słyszałam! — wykrzyknęła ciepłym, kobiecym głosem.

— Naprawdę? Mam nadzieję, że tylko dobre rzeczy? — zapytałem.

— O nie, wręcz przeciwnie. Słyszałam, że jesteś kapryśny, wkurzający, cały czas jęczysz, marudzisz i nie znosisz bycia dębem — odpowiedziała radośnie ze słodkim borsuczym uśmiechem, pokazując dwa białe zęby z szerokim odstępem między nimi.

— Umm, dobrze wiedzieć, a kto ci to wszystko powiedział? — zapytałem, wpatrując się w Robina, który udawał teraz, że gwiżdże i spieszy do chaty swoimi malutkimi stopkami, co tylko oznaczało jedno. Był zdrajcą.

— Och, nie martw się, wyobrażam sobie, że to duża zmiana dla ciebie z bycia człowiekiem, ale zaufaj mi, wkrótce pokochasz bycie dębem i będziesz chciał nim być na zawsze — odpowiedziała.

— O nie, jestem pewien, że nie będę chciał być wiecznie dębem. Mogę ci to zagwarantować.

— Umm tak, jasne, porozmawiamy o tym później, teraz zostań tam, gdzie jesteś, a ja przyniosę ci... umm wolisz podwędzane kasztanki czy suszone orzechy? — zapytała.

— Dziękuję bardzo, ale nie jestem wiewiórką i już nic nie potrzebuję. Teraz otrzymuję jedzenie i picie ze Wszechświata.

— Hej, wzywałeś wiewiórkę? — spytała Leticia lądując z pobliskiego drzewa z rozpędem prosto do kołyski.

— Jak miło cię widzieć. Właśnie rozmawialiśmy z Rupertem o jedzeniu — odpowiedziała Emily.

— Och, mówiąc o jedzeniu, muszę zobaczyć się z Zeldą, no wiecie, tą lisią hipnoterapeutką, pomimo że obecnie jest bardzo zajęta pomaganiem wszystkim wiewiórkom, które zapomniały, gdzie schowały swoje orzeszki — powiedziała Leticia.

— Dlaczego? Co się stało? Też zapominasz? — spytała Emily.

— No cóż, słyszałam jak Olek rozmawiał niedawno ze swoimi kaczuszkami tłumacząc im; Pamiętajcie, jesteście tym co jecie.

— A co to znaczy? — zapytała zdezorientowana Emily.

— To znaczy, że jestem orzeszknięta! — odpowiedziała Leticia i wyskoczyła z kołyski, dezorientując mnie tym wyznaniem bo zacząłem się nagle zastanawiać, czy ja też nie zwariowałem, czyli zorzeszkowiałem, bo teraz miałem bardzo dużo orzeszków.

— Emily, oto kołyska dla twoich dzieci, gotowa na wiosnę — powiedziałem, wręczając jej prezent, a jej oczy natychmiast wypełniły się łzami.

— To jest... to jest... cudowne! Och, bardzo Ci dziękuję Rupercie, dokładnie o takiej marzyłam! Spójrz kochanie! O tym właśnie ci mówiłam, kiedy powiedziałam, że chcę kołyskę dla dziecka! — odpowiedziała i chwyciła łapę męża, który stał w oddali, przyciągając go do siebie.

— Tak, widzę, moja droga, cóż, chciałaś taką, więc teraz ją masz. Kłopot z głowy! — odpowiedział zimnym głosem.

— Chodziło mi o to, że chciałam, abyś ty zrobił coś takiego, ale zawsze narzekałeś, że nie masz czasu. Mówiłeś, że musisz zbudować wychodek dla naszego sąsiada, a potem zrobić więcej tuneli dla tych bezczelnych kretów. Zawsze jestem dla ciebie ostatnia. Zawsze na końcu kolejki — powiedziała.

— Och, przestań, moja borsuczyco, wiesz, że to nieprawda, muszę pracować, aby utrzymać ciebie i dzieci, wiesz przecież, jak bardzo cię kocham — odpowiedział, całując delikatnie jej łapę, przez co zarumieniła się na białych paskach twarzy i mrugnęła do mnie swoimi dużymi, brązowymi, podekscytowanymi oczami.

— To był pomysł Robina, żeby zrobić kołyskę, chciałem tylko pomóc — odpowiedziałem, widząc go latającego w kwiecistej koronie na swojej ogromnej, niechlujnej grzywce, sączącego napój z dużej miski i głośno śpiewającego.

— Och Robin, to przemiło z twojej strony, spróbuj ponczu, tylko bądź ostrożny, ponieważ jest zrobiony z soku winogronowego i mamy go już od jakiegoś czasu, więc może być trochę sfermentowany — powiedziała Emily.

— Sok winogronowy? — zapytał i beknął po kolejnym dużym łyku, kołysząc się na boki ruchem zygzakowatym — Oh kwak!

Chyba trochę się upiłem — przeklął gładkim i nisko brzmiącym głosem pijanej kaczki, choć nią wcale nie był i padł plackiem na brzegu rzeki, rozciągając na bok skrzydła i maleńkie nóżki. — Kocham cię — wymamrotał i zapadł w głęboki sen, chrapiąc jak niedźwiedź.

— „Ale wstyd" — pomyślałem, patrząc na Emily, która tylko się uśmiechnęła — „Zwłaszcza że to był jego pomysł, żeby tu przyjść."

Rozdział 9

GWIAZDA

Gdy tylko wróciłem na moje stałe miejsce nad rzeką, zacząłem szukać mojej Amary.

Było już ciemno i silny wiatr ucichł, ustępując delikatnej bryzie i świeżemu powietrzu, które wypełniało moje płuca, a przynajmniej to, co kiedyś było moimi płucami. Stałem w moim domu lub miejscu, które uważałem za swój dom, odkąd zamieniłem się w drzewo i uznałem to za trochę pocieszające. Zauważyłem migocące światło w oddali. Miałem nadzieję, że to ona i kilka chwil później była już tam, moja piękność, wyłaniająca się z ciemności lasu, trzymająca w jednej ręce latarnię dającą jej ciepły, oświetlony świecami blask na jej słodkiej twarzy. Jej oczy zabłyszczały, kiedy mnie zauważyła, prawdopodobnie dlatego, że gapiłem się na nią z otwartymi ustami huby. Była najpiękniejszą, oszałamiającą kobietą, jaką w życiu widziałem. Jej długie włosy delikatnie dotykały jej ramion i jasnoniebieskiej sukienki, oszałamiająco otulając jej nagą szyję i dekolt, jakby były najcenniejszym klejnotem koronnym samej królowej, bo ona nie potrzebowała żadnych klejnotów. Jej naturalny blask był wszystkim, czego potrzebowała, by świecić nieziemskim pięknem na tej Ziemi.

„Gdyby tylko wiedziała, jaka jest piękna. Gdyby tylko wiedziała, jak bardzo ją lubię..."

— Ummm, zamierzasz tam stać jak wryty i gapić się na mnie, Rupercie? — usłyszałem jej pytanie, budzące mnie ze snu na jawie, którego doświadczałem.

— No cóż, a co innego mogę robić? W końcu jestem drzewem, pamiętasz? — odpowiedziałem, mając nadzieję, że się roześmieje i tak się stało. Zaśmiała się z mojej próby żartowania z mojej niefortunnej sytuacji.

— Gdzie byłeś cały dzień? Byłam tu wcześniej, a ciebie nie było, więc najwyraźniej nie stoisz tu cały dzień, prawda? Poszedłeś na spacer? — zapytała z delikatnym uśmiechem, zbliżając się do mnie.

— Ach no tak, poszedłem z Robinem na 'baby shower' zrobiony dla przyszłej borsukowej mamy, wiesz, taki 'dziecięcy prysznic', bo będą mieli bliźniaki, jeśli nie trojaczki lub czworaczki, albo dziesięciokraczki, kto wie! Zrobiłem dla nich kołyskę ze świeżym mchem i bardzo im się spodobała, ale Robin trochę się upił ponczem winogronowym. Został tam, ponieważ nie mógł ani dreptać, ani latać, właściwie wyglądał jak pijany latawiec, kiedy próbował, więc poprosiłem Emily, żeby pozwoliła mu zostać na noc. Cały czas też przeklinał kwakając, co wydaje mi się dziwne, ponieważ nie jest nawet kaczką.

— Wygląda na to, że dobrze się bawiłeś — odpowiedziała z uśmiechem, usiadła na wielkim kamieniu i postawiła latarnię obok swoich stóp.

— Wyglądasz bardzo ładnie dziś wieczorem, idziesz gdzieś? — zapytałem w końcu, próbując przełamać niezręczną ciszę.

— Przyszłam tutaj. Zobaczyć się z tobą — odpowiedziała cicho.

— Ohhh, umm — wymamrotałem, nie wiedząc, co odpowiedzieć. Gdybym mógł się rumienić, prawdopodobnie bym to zrobił, ale to jedna dobra rzecz w byciu drzewem, bo nie możesz się zarumienić, jeśli zamiast skóry masz korę.

— Spójrz, właśnie pojawiła się pierwsza gwiazda na niebie. To Syriusz, znany również jako Psia Gwiazda, najjaśniejsza gwiazda, jaką możemy zobaczyć o tej porze roku — powiedziałem w końcu.

— Gdzie? Nic nie widzę. Zakrywasz całe niebo swoimi wielkimi gałęziami...

— Oh przepraszam cię bardzo, w takim razie może podniosę cię na sam szczyt mojej korony i stamtąd ją zobaczysz? — zaproponowałem zaskoczony własną pomysłowością.

— Ok, jasne, ale czy to bezpieczne? Nie upuścisz mnie? — odpowiedziała, wyraźnie zaniepokojona moimi umiejętnościami w podnoszeniu ludzi na czubki drzew.

— Nic się nie martw moja droga, jestem bardzo utalentowanym dębem. Zobacz! — odpowiedziałem i delikatnie uniosłem ją jedną z moich gałęzi, upewniając się, że po drodze nie zostanie zraniona przez żaden z liści. Zrobiłem dla niej miejsce, odsuwając wszystkie inne gałęzie i umieszczając ją na samym szczycie mojej korony.

— Ohh! To niesamowite! — wykrzyknęła, śmiejąc się z radości.

— Fajnie...? — zapytałem, podekscytowany, widząc ją taką szczęśliwą.

— Jest przecudnie, to niewiarygodne! Widzę cały las, dolinę, a nawet zamek! Och, przepraszam, nie chciałam ci o tym przypominać. To głupie z mojej strony.

— W porządku, ja też go widzę, w dzień i noc. Daje mi to nadzieję, że pewnego dnia wrócę do domu, do wszystkich ludzi, których kocham, do mamy i taty, którzy muszą się o mnie martwić każdego dnia.

— Masz jednak duże szczęście, że możesz być tak blisko nieba, widzieć gwiazdy i księżyc tak blisko ciebie każdej nocy. Szkoda, że nie jestem taka wysoka — odpowiedziała, próbując mnie pocieszyć.

— No cóż, gdybyś była taka wysoka, byłabyś olbrzymem i nie jestem pewien czy by ci się to podobało. Wyobraź sobie jak duża musiałaby być twoja sukienka. Uszycie jej zajęłoby miesiące, no a buty? Nawet tego tematu nie poruszę, kobiety z dużymi stopami nigdy nie były moją bajką — odpowiedziałem, śmiejąc się ze swojego sztywnego poczucia humoru.

— Dzięki Rupert, rozumiem. Zresztą, co to za gwiazda? — spytała, wskazując palcem prosto w niebo.

— To nie jest gwiazda, to planeta Wenus, ale jest teraz bardzo jasna, więc wygląda jak gwiazda — odpowiedziałem z przekonaniem o słuszności mojej wiedzy.

— Skąd wiesz o tym wszystkim? O naturze i o Wszechświecie.

— Właściwie nie wiem. Nie wiedziałem o tym wszystkim, zanim zamieniłem się w drzewo. Mój ojciec wiele mnie nauczył o świecie, ale nie wiedział tyle, co ja teraz. To może wydawać się dziwne, bo jak tylko mam pytanie o coś, otrzymuję odpowiedź. To tak, jakbym był połączony z nieskończoną wiedzą Wszechświata, która daje mi wszystkie potrzebne odpowiedzi. Jedyną odpowiedzią, której jeszcze nie otrzymałem to, jak powrócić do bycia człowiekiem, co jest, jak wiesz, moim największym marzeniem.

— Czy to twoje największe marzenie? — wyszeptała, otwierając usta, jakby czekała na moją odpowiedź.

— Tak... Chyba tak, to znaczy, o czym jeszcze mam teraz marzyć? Kiedy byłem człowiekiem, czyli przystojnym młodym księciem, miałem też inne marzenia. Marzyłem o podboju świata, pomaganiu mojemu ojcu w utrzymaniu pokoju i szczęścia naszych ludzi. Chciałem brać udział w bitwach z wrogami i pokazać, że pewnego dnia będę godzien zostania królem. Chciałem zgromadzić bogactwo i uznanie dla naszego królestwa i oczywiście chciałem poślubić piękną księżniczkę, aby założyć rodzinę — wyjaśniłem.

— Księżniczkę? Miałeś jakieś kandydatki? — zapytała z lekkim wahaniem w głosie.

— Tak, były dwie, które zostały zaproszone na wielki bal zeszłego lata i całkiem je lubiłem, ale nie mogłem nawiązać z nimi głębokiej więzi. Chciały tylko rozmawiać o tym, ile mam koni i jakie klejnoty będą mogły nosić z rodzinnego skarbca po ślubie. To wszystko było trochę... no...

— Powierzchowne? — Amara dokończyła zdanie, jakby potrafiła czytać w moich myślach.

— Tak, dokładnie, powierzchowne, a ja naprawdę chciałem znaleźć prawdziwą miłość.

— Umm, nie zrozum mnie źle, ale ty też dużo mówisz o bogactwie i rzeczach materialistycznych. Może myślały, że tego się spodziewałeś. Więc nie znalazłeś jeszcze prawdziwej miłości? — spytała, ściskając moją gałąź, na której siedziała, jakby w oczekiwaniu na moją odpowiedź.

— No nie — odpowiedziałem, ale z wahaniem, jakby to już nie było prawdziwe, jakbym już znalazł w niej prawdziwą miłość, ale nie mogłem jej tego powiedzieć, gdyż nie byłoby to właściwe i Bóg wie co by o mnie pomyślała; „głupi dąb wyznający jej miłość patrząc w gwiazdy." Wiedziałem, że muszę zmienić się w moje przystojne ludzkie ja, żeby móc jej to powiedzieć.

— Lubię cię, Rupercie, pomimo tego, że jesteś drzewem! — powiedziała, jakby słyszała moje myśli.

— Och, ja też cię lubię, Amaro, bardzo — odpowiedziałem, niepewny, czy to, co właśnie usłyszałem, było moją wyobraźnią, czy nie.

— Myślę, że jesteś dobrym dębem. Myślę, że pewnego dnia znajdziesz prawdziwą miłość i będziesz szczęśliwy, ale myślę też, że musisz się wiele nauczyć o sobie, Wszechświecie i samej miłości, zanim znajdziesz prawdziwą miłość z kobietą.

— Och, tak myślisz? Mam nadzieję, że znajdę prawdziwą miłość w cudownej kobiecie, która pokocha mnie tak samo, jak ja ją. Liczyłem na to od wielu lat, co czasami wydaje się wiecznością, ponieważ uważam, że kochać i być kochanym jest najwspanialszą rzeczą na Ziemi. Zaraz po wygranych wojnach i innych tego typu rzeczach... żartuję — odpowiedziałem, chichocząc z mojego poczucia humoru.

— Chciałabym... — powiedziała.

— Chcesz czegoś?

— Chciałabym mieć gwiazdkę z nieba. Tylko jedną, mogłabym zabrać ją ze sobą, aby rozświetlała niebo nad moją chatką w nocy. Mogłabym patrzeć przez okno sypialni, a ona byłaby moim małym promykiem nadziei, że kiedyś też odnajdę prawdziwą miłość. Tak jak ty masz na to nadzieję. Wiesz, to także moje największe marzenie. Znaleźć mężczyznę, który pokocha mnie tak bardzo, jak ja jego. Na zawsze. Od dawna też mam nadzieję, że go spotkam, ale wszyscy mężczyźni wokół mnie są po prostu głupi. Obchodzi ich tylko to, ile hektarów ziemi odziedziczyłam po śmierci moich rodziców i ile jest ona warta teraz. Nie mam ochoty poślubić żadnego z nich, kiedy to słyszę — odpowiedziała.

— Dokładnie wiem, jak się czujesz. Czuję się tak samo. Posłuchaj, jeśli chcesz, mogę poprosić niebo, czy mogę dać ci jedną z jego gwiazd. Chciałabyś tego? — zaoferowałem, wiedząc, że teraz mogę komunikować się ze wszystkim i każdym we Wszechświecie.

— Naprawdę? Jesteś tego pewny? Chcesz zapytać niebo, ale jak? — wykrzyknęła podekscytowana.

— Poczekaj, daj mi chwilę, muszę zamknąć oczy — odpowiedziałem, wiedząc, że muszę połączyć się z niebem za pomocą niewidzialnego kanału komunikacji, który nie jest tym samym, co ludzki język.

Amara przestała wiercić się z podniecenia na gałęzi, zamilkła i czekała w niecierpliwym oczekiwaniu. Kiedy otworzyłem oczy, chwyciła moje liście z podekscytowania, chcąc wiedzieć, co mam do powiedzenia.

— To jest... — zacząłem.

— Co powiedziało niebo? Powiedz mi? W porządku, jeśli się nie zgadza, to znaczy, wiem, że to ogromne życzenie i wiem, że proszę o bardzo dużo — powiedziała, nie pozwalając mi nawet dokończyć zdania.

Nie mówiąc ani słowa, wyciągnąłem swoją najdłuższą gałąź w sam środek ciemności nieba, ponieważ w jakiś sposób wydłużyła się tak wysoko, że dotknęła maleńkiej gwiazdki tuż nad nami. Chwyciłem ją delikatnie i pociągnąłem w dół.

— To dla Ciebie. Gwiazdka z nieba. Tak jak sobie tego życzyłaś, moja pani — powiedziałem, wręczając Amarze świetlistą kulkę. — Proszę, to dla ciebie. niebo się zgodziło. Możesz ją zatrzymać, ale od teraz musisz się nią opiekować, no i jest jeden warunek. Nie możesz jej trzymać w domu. To nie jest miejsce dla gwiazd. Wkrótce by umarła, tęskniąc za swoim domem, niebem. Możesz jednak pozwolić jej unosić się tuż nad twoją chatką. Będzie cię strzegła każdej nocy i wysyłała pełną miłości energię do ciebie i wszystkich wokół ciebie. Przynajmniej tak mi właśnie powiedziano.

— Naprawdę? Och, bardzo ci dziękuję Rupercie, ja cię… — urwała, jakby zamierzała powiedzieć, że mnie kochała, ale najprawdopodobniej tylko mnie lubiła.

— Kocham ją, dziękuję — zakończyła, trzymając małą gwiazdkę w dłoniach, sprawiając, że jej oczy też błyszczały jak małe gwiazdki.

Wyglądała na tak szczęśliwą i promienną, że byłem bardzo szczęśliwy, iż mogłem to dla niej zrobić. W końcu to niewiele. Chciałbym móc zrobić więcej, aby pokazać jej, jak bardzo mi na niej zależy. Potem poprosiłem gwiazdy o jeszcze jedną rzecz, a kiedy ponownie podniosła wzrok, zobaczyła, że są dla niej doskonale ułożone w gigantyczne serce, świecące jasno, tak, jak moja miłość do niej. Miałem nadzieję, że zrozumie to przesłanie.

— Och, spójrz, gwiazdy mnie kochają! — wykrzyknęła, patrząc na nie wielkimi brązowymi oczami, które teraz błyszczały w ich odbiciu.

— Tak, kochają cię, wszyscy cię kochają — dodałem, mając nadzieję, że mnie zrozumie, ale ona tylko się do mnie uśmiechnęła.

Następnie delikatnie umieściła gwiazdkę w przedniej kieszeni swojej niebieskiej sukienki, a ja położyłem ją z powrotem na ziemi, myśląc, że może być już zmęczona.

— Dziękuję ci bardzo Rupercie, zaopiekuję się nią i od tej chwili będzie się unosić tuż nad moją chatką, promieniując miłością do mnie każdej nocy. Jesteś naprawdę niesamowitym… dębem — powiedziała, przytuliła mój pień obiema rękami, sprawiając, że zesztywniałem, poczułem zawroty głowy od ciepłego uczucia jej ciała, podniosła latarnię z ziemi i szybko zniknęła w ciemności.

— „Tak się cieszę, że jestem drzewem" — pomyślałem, a potem natychmiast: —„Czy właśnie to pomyślałem?"

Rozdział 10

POMYŁKOWE DRZEWO

— Robinie, przestań rzucać mi w twarz liśćmi! — wykrzyknął Rupert przez wir liści tańczący tuż przed nim.

— Nie rzucam w ciebie liśćmi, tracisz je, bo nastała jesień.

— Co? O nie, zrzucam liście? Będę teraz nagi?

— Tak. Całkowicie kuwak nagi — odpowiedział Robin z wielkim półksiężycem w dziobie.

— O nie, nie, nie, nie mogę być nagi, to niestosowne w obecności damy — oznajmił Rupert, bo zauważył stojącą tuż przed nim Amarę — Proszę, pomóż mi Amaro — dodał zdesperowany.

— To może wydziergam ci płaszczyk, no wiesz, taki z mchu i tym podobnym. Chciałbyś tego? — zaproponowała.

— Tak, proszę — odpowiedział, a kilka chwil później dodał — Ach, teraz jest znacznie lepiej. Jak wyglądam? — spytał, otulony materiałem zrobionym przez Leticję i jej przyjaciółki wiewiórki.

— Och, wyglądasz jak... — zaczęła Amara, ale Rupert jej przerwał niecierpliwie — Jak co? Jak wyglądam? Powiedz mi! Nieważne, sam zobaczę w rzece, — odpowiedział, ale gdy tylko spojrzał w szklaną taflę wody, odskoczył, jakby zobaczył ducha.

— Amaro, co ty mi zrobiłaś? Ubrałaś mnie jak babcię w kwiecisty fartuch! — zagrzmiał gniewnie Rupert.

— Przepraszam, pomyślałyśmy z Leticią, że zrobimy ci kocyk — płaszczyk, który byłby trochę bardziej kolorowy, no wiesz z niebieskimi dzwoneczkami i różami, ale widzę, że ci się to nie podoba. Dobrze, usunę je.

— Wiesz co, nie czuję się już nagi i wcale nie jest mi zimno, więc bardzo dziękuję, ale zostanę taki, jaki jestem, tak jak stworzyła mnie natura, to znaczy Matka Lasu — odpowiedział, zdejmując okrycie — Zostanę nago, inaczej inne drzewa będą się ze mnie śmiały. O, już się śmieją! Spójrz na nich tam. Ahhhrrr. A co z moimi orzeszkami? Czy teraz też nie będę miał swoich orzeszków? Oh nie, będę bezbronnym nagim i wykastrowanym z orzeszków księciem w drzewie. Gorzej być nie mogło — jęknął.

— Proszę, nie przesadzaj, pamiętaj, że twoje żołędzie to teraz twoje potencjalne dzieci. Masz ich dużo, więc mam nadzieję, że stać cię będzie na ich utrzymanie — odpowiedziała Amara, mrugając z uśmiechem.

— Teraz to już nie jest zabawne, setki dzieci wcale nie brzmi śmiesznie! — warknął Rupert.

— Masz rację, przepraszam. To nie jest zabawne. To przezabawne!

— A ty? Czy pewnego dnia będziesz mieć dzieci? Ja mam nadzieję, że tak, przynajmniej jedno, kiedy znów będę normalny i przepraszam, że nie mogę ci w tej sprawie pomóc. Nie chodzi o to, że nie chcę, ale po prostu jestem drewniakiem… za sztywnym dla ciebie — dodał.

— Ha! Tak, jesteś sztywny, ale muszę powiedzieć, że nawet podoba mi się wygląd niektórych twoich sztywnych gałęzi, ale powiedzmy, że jak na razie jestem szczęśliwa taka, jaka jestem

— odpowiedziała i odwróciła się na pięcie, zostawiając Ruperta samego z czasem na zastanowienie się nad ich rozmową.

Następnego ranka Rupert powoli ślizgał się wzdłuż brzegu rzeki, kiedy zobaczył Amarę ściskającą inny dąb. Obejmował ją swoimi dwiema gałęziami.

— Oj, co się tu kuwak dzieje? — zapytał, zszokowany tym, co zobaczył.

— Rupercie! To ty? — spytała Amara, otwierając oczy i delikatnie opuszczając objęcia dębu.

— Tak, oczywiście, że to ja. Tutaj. Nie tam, Amaro! — wykrzyknął Rupert, złoszcząc się jeszcze bardziej i dodał — Hej, zabierz swoje sztywne drewno z mojej pani, dobrze?

Dąb rozpostarł swoje gałęzie, a Amara stała tam, jakby została przyłapana na zdradzie swojego ukochanego drzewa.

— Przepraszam, Rupercie, byłam dziś rano bardzo śpiąca, a kiedy tu przyszłam, naprawdę myślałam, że to ty, bo on pachniał tym samym zmysłowym dębowym mchem, a ja potrzebowałam tylko porannego uścisku. Nic nie powiedział ani się nie sprzeciwił, więc założyłam, że to... ty... przepraszam, — odpowiedziała i podbiegła do niego.

— Oj, nic się nie stało, byliśmy po prostu... — powiedział dąb, ale Rupert nawet nie pozwolił mu dokończyć zdania.

— Hej, Trupidoo, posłuchaj mnie teraz uważnie. Jeśli kiedykolwiek zrobisz to jeszcze raz, to pożałujesz, że nawet się urodziłeś. Zrozumiałeś?

— Nie nazywam się Trupidoo i próbowałem jej powiedzieć... — odpowiedział dąb, ale Rupert nie słuchał i odpowiedział — Pozwól, że ci coś wyjaśnię. Na twoim miejscu, pomyślałbym dwa razy, zanim znowu będziesz chciał podstępnie udawać, że jesteś mną. Wiewiórki powiedziały mi kiedyś o kimś, kogo nie chciałbyś spotkać w swoich najgorszych koszmarach.

— Naprawdę? O kim? — zapytał z ciekawością dąb.

— Nazywa się... dziadek do orzechów — odpowiedział Rupert — więc jeśli chcesz stracić większość swoich orzeszków i zmienić się w mięczaka, rób to, co robisz dalej, ale ja nie radzę ci tego — dodał i uściskał Amarę z całej siły, sprawiając, że drugi dąb chrząknął i powoli odsunął się bez słowa.

Przepraszam Rupi, tęskniłam za tobą, więcej się nie pomylę, ale wiesz, mógłbyś zmienić wodę mchową na jakiś bardziej unikatowy zapach. Może z bzu? To by mi pomogło — powiedziała z uśmiechem Amara.

Rozdział 11

DZWONIĄ SZCZURY

— „Ale zimno, arrrrgh" — szepnął Rupert, gdy tylko obudził się pewnego mroźnego poranka.

— Zima przyszła — odparł Robin z uśmiechem w dziobie, całując go mocno w hubę, co sprawiło, że Rupert wzdrygnął z powodu niespodziewanej czułości i stwierdzenia oczywistego faktu.

— Tak, wiem! Nie musisz mi tego mówić. W końcu jestem nagi — odparł Rupert.

— Nie, nie jesteś nagi, masz na sobie sople.

— Sople? Jakie sople? Odmrażam sobie tutaj orzeszki, a ty żartujesz ze mnie. Nie ładnie przyjacielu.

— Tak naprawdę to nie masz już orzeszków, ale masz na sobie lodowe kolce. No wiesz, sople. Myślę, że wyglądasz z nimi całkiem seksownie, chociaż i tak wydajesz się być przez nie sztywny — odpowiedział Robin z kolejnym uśmiechem, ale tym razem odlatując trochę dalej od gałęzi Ruperta, na wypadek, gdyby próbował go nimi uderzyć.

— Achhhrhrh, czasami doprowadzasz mnie do szału! — wykrzyknął gniewnie Rupert, patrząc na siebie pokrytego szronem i soplami na całym drzewie i dodał — Hej, tylko nie mów tak, jak przyjdzie Amara, że jestem sexi, nagi i sztywny, zrozumiałeś?

— Tak, szefie, ale wątpię, żeby tego nie zauważyła. Jeśli chcesz, mogę poprosić borsuczyce o zrobienie dla ciebie okrycia, chcesz?

— O tak, jedyne, czego potrzebuję, to kolejnej babcinej sukni. Amara i Leticia już raz próbowały. Nie, dzięki, dziwaku. Wolę odmrozić sobie orzeszki, których już nawet nie mam! Achrrrr...

— Jak sobie życzysz — odparł Robin i odleciał, wiedząc, że rozmowa z Rupertem w jego obecnym stanie emocjonalnym może być niebezpieczną sprawą.

— Tu jesteś, kochanie — powiedziała Amara, zbliżając się do niego o zmierzchu — Jak się masz dzisiaj? — dodała z ciepłym uśmiechem, dotykając jego mroźnej kory — Auaa, zimny jesteś, mój drogi. Prawie zamarzłeś — dodała — Mamy zimę — kontynuowała po chwili przytulenia go mocno, jakby chciała ogrzać jego ciało.

— O rany, tak, zauważyłem! — odpowiedział Rupert wyraźnie zirytowany jeszcze jednym stwierdzeniem, które było dla niego oczywiste.

— Słuchaj, wiem, że nie podobało ci się to, co zrobiłam wcześniej, ale tym razem mam dla ciebie coś, co zrobiły dla ciebie borsuczyce — powiedziała i zanim Rupert zdążył się sprzeciwić, wróble otoczyły jego pień pledem w kratkę z owczej wełny — Och, wiedziałam, że to będzie odpowiedni rozmiar. Pasuje idealnie! — wykrzyknęła ku swojemu rozbawieniu Amara.

— To znaczy, wyglądam teraz, jakbym był w wełnianej spódnicy? — odparł Rupert, patrząc na siebie, zakłopotany, ale czując przyjemne ciepło otaczającej go miękkiej wełny.

— Nie bądź niemądry, nie wyglądasz, jakbyś nosił spódnicę, a nawet jeśli tak, to co z tego? Nadal uważam, że jesteś seksowny! — dodała Amara, mrugając.

— No dobrze, słuchaj, przygotowałem dla ciebie niespodziankę — odparł Rupert, próbując zmienić temat z zakłopotania.

— Jaką niespodziankę?

— Dzisiaj jest Wigilia, więc postanowiłem zrobić coś dla ciebie — odpowiedział i ujął gałęzią rękę Amary, prowadząc ją w stronę przejścia przez drzewa w kierunku polany.

To, co zobaczyła, kiedy wyłonili się z ciemności otaczających drzew, było najbardziej magiczną wizją jej życia. Z każdym krokiem na skrzypiącym śniegu zbliżali się coraz bardziej do migoczących świateł wśród oszronionych drzew. Kiedy zeszli do maleńkiej doliny, wszystkie drzewa wokół nich migotały teraz ciepłymi światełkami, zamieniając las w niezwykłe widowisko z zamarzniętymi soplami, które odbijały iskierki z migoczących świetlików we wszystkich kierunkach. Płatki śniegu na drzewach i ziemi zmieniły scenę w magiczną zimową krainę czystej bieli, która otaczała ich dookoła.

— Spójrz, udekorowałem dla ciebie choinkę — powiedział Rupert, z dumą wskazując na wysoką sosnę, która była przystrojona suszonymi jabłkami, posypana ostrokrzewem, czerwonymi jagodami, soplami i oszroniona płatkami śniegu.

Siedziały na niej wiewiórki w łańcuchach z żołędzi zwisających z ich maleńkich szyi. Gdy tylko zobaczyły zbliżającą się Amarę, zaczęły poruszać biodrami na boki, wymachiwać puszystymi ogonami i śpiewać — Pada śnieg, pada śnieg... — a szczury trzymane za ogony w obu gałęziach Ruperta uśmiechały się maleńkimi, białymi ząbkami, dokończyły śpiewająco — ...dzwonią wszystkie szczury!

— Podoba ci się? Ułożyłem tę piosenkę dla ciebie — powiedział nieśmiało Rupert.

— Och, to takie słodkie Rupi! — wykrzyknęła Amara, a jej twarz rozjaśniła radość, że włożył w przygotowanie tego wszystkiego tak wiele wysiłku.

— Zobacz, co jeszcze przygotowałem, to nie koniec niespodzianek — dodał, wskazując na ognisko z drewnianym siedziskiem i małym drewnianym stolikiem.

Oświetlało go ciepłe światło świec rozłożonych na nim, a cały teren wokół ogniska otaczały wysokie świece wbite w ziemię, czyniąc całą scenę nie z tej ziemi. Amara westchnęła od najwspanialszej świątecznej wizji w jej życiu.

— Wiem, że kochasz kominki i przepraszam, że nie mogę ci dać z nim domu bo wiesz przecież, że jako drzewo powinienem trzymać się z daleka od ognia, chyba że chciałabyś mnie zobaczyć jako... popiół — dodał, chichocząc.

— Proszę, przestań, Rupercie, to jest cudowne i więcej, niż mogłabym prosić. To, to jest... magiczne — westchnęła, rozglądając się wokół z błyszczącymi oczami, jakby utonęły w nich dwa świetliki.

— Proszę, usiądź, kazałem pszczołom zrobić dla ciebie te wszystkie świece z pszczelego wosku, a oto dzban ciepłego miodu, którym możesz się delektować. Chciały się nim podzielić z tobą — powiedział, gdy Amara usiadła przy stole, oszołomiona wysiłkiem, jaki Rupert włożył, aby wszystko dla niej przygotować.

— Dziękuję — szepnęła z wdzięcznością za najwspanialszego człowieka drzewo, jakiego kiedykolwiek spotkała.

— Wpadłem też na pomysł, że możemy upiec kasztany w ognisku. Masz ochotę? — powiedział, wskazując na kasztany nadziane na drewniane patyki, w czym pomogły mu borsuki z powodu jego niezdarnych gałęzi.

— Bardzo bym chciała je spróbować — odpowiedziała Amara, a Rupert podał jej jeden patyk, trzymając drugi patyk w ogniu.

— Auaa! — wykrzyknął chwilę później, czując gorące płomienie na swojej gałęzi.

— Ostrożnie, nie poparz sobie małego paluszka — powiedziała z uśmiechem.

— Ha, ha, bardzo zabawne, ciesz się kasztanami, myślę, że ja podziękuję, i tak nie jestem fanem ciepłych orzeszków tego tam gościa — odpowiedział, wskazując na drzewo, uśmiechające się z daleka. — No ale ty, kochanie, ciesz się ciepłymi orzeszkami, możesz je nawet pokryć ciepłym miodem, jeśli chcesz! — dodał.

— Straciłeś swoje orzeszki jesienią, pamiętasz? — spytał Robin, lecąc w stronę Ruperta — Teraz gdy wiewiórki je schowały, nie pamiętają, gdzie je zakopały. Obawiam się, że będziesz miał całkiem sporo dzieci — dodał, strząsając płatki śniegu, które właśnie wylądowały na jego piórach.

— Ha, bardzo zabawnie Robinie Drewniaku! Nie planuję mieć wielu dzieci.

— To najlepsze święta w moim życiu! — wykrzyknęła Amara, jedząc kasztany i patrząc na księżyc wystający zza chmur i uśmiechający się do nich.

— Tak się cieszę, że ci się podoba, zrobiłem to wszystko dla ciebie. Kiedy wrócę do bycia mężczyzną, podaruję ci prawdziwe święta na zamku z balem i mnóstwem biżuterii w prezencie. Będziesz najwspanialszą księżniczką, jaką kiedykolwiek widziało to królestwo — odpowiedział Rupert z nostalgią w głosie, również wpatrując się w księżyc — ale na razie jestem wdzięczny za tę chwilę, za moment, w którym widzę cię obok siebie przepełnioną radością i szczęściem.

Następnie uniósł ją wysoko w powietrze i posadził na swojej koronie.

— Dziękuję, że jesteś tutaj ze mną, szepnął, gdy wpatrywała się w niebo wypełnione gwiazdami, aż na jej twarz zaczęły spadać pierwsze płatki śniegu.

— Och, myślę, że to będzie śnieżna noc, ale nie martw się, przygotowałem dla ciebie schronienie, jeśli chcesz tu ze mną zostać oczywiście. Chciałabyś tego?

— Tak, wiesz przecież, że chciałabym, uwielbiam być blisko ciebie — odpowiedziała, patrząc mu w wielkie oczy, gdy kładł ją na ziemi, powoli okrywającą się puszystym białym kocem.

— Ale zanim to zrobimy, mam dla ciebie jeszcze jedną niespodziankę. Zamknij oczy — powiedział.

— Co to jest? Proszę, powiedz mi — błagała, ale poczuła tylko prawą gałąź Ruperta, która prowadziła jej rękę delikatnie do przodu.

— Ok, otwórz oczy — powiedział, wskazując na zamarznięte jezioro u stóp wzgórza, na którym stali i które lśniło w świetle księżyca.

— Chcesz mnie zamrozić w jeziorze na później? — zachichotała.

— Nie... Zorganizowałem dla ciebie zjeżdżalnię, aby zapewnić ci świąteczną rozrywkę. Chciałabyś zjechać z ośnieżonego wzgórza? — zapytał, ale zanim zdążyła cokolwiek powiedzieć, położył się na ziemi na samym skraju, kołysząc się do przodu i do tyłu kładąc się z koroną z tyłu, podniósł ją do góry w powietrze i umieścił delikatnie, jakby na koniu, tuż nad swoim pępkiem, który był teraz tylko wyimaginowanym pępkiem — Mam nadzieję, że jesteś na to gotowa? — wykrzyknął i zepchnął się z klifu w kierunku lśniącej ciemności w dół.

— Och, Rupercie! Boję się... — krzyknęła Amara, czując, jak płatki śniegu uderzają jej twarz z całą siłą i bojąc się upadku, zamknęła oczy, oczekując najgorszego.

— Zaufaj mi! Przy mnie jesteś bezpieczna! Ciesz się jazdą! — wykrzyknął Rupert z głośnym śmiechem, zbliżając się do dołu i ślizgając się po zamarzniętej tafli jeziora.

— No i? Podobało ci się? — zapytał, kiedy zatrzymali się na samym środku.

— Czy żyję? — szepnęła Amara, powoli otwierając oczy.

— Tak, żyjesz i jesteś całkowicie bezpieczna, tak jak obiecałem. Nigdy bym nie pozwolił, żeby coś ci się stało — odparł dumnie Rupert, delikatnie ślizgając się po grubym lodzie od lewej do prawej.

Amara przyglądała się scenerii najbardziej magicznej zimowej krainy czarów, jaką widziała, ze wszystkimi drzewami wokół nich mieniącymi się światłem świetlików. Wciąż wpatrywała się w księżyc powoli chowający się teraz za białymi chmurami, z których sypały na jej ciepłe z podniecenia policzki delikatne płatki śniegu.

— Wesołych Świąt, moja najdroższa! — powiedział Rupert, mrugając do niej, gdy w końcu stanęła na lodzie, a on trzymał ją za rękę gałęzią i powoli przesuwał się z nią na brzeg.

— To było niesamowite Rupi, naprawdę mi się podobało, czy możemy to zrobić jeszcze raz? — zapytała, podekscytowana wylądowania na lodzie.

— Nie teraz, może innym razem, całe wieki zajęłoby mi wspinanie się znów na górę. Pozwól, że pokażę ci miejsce, w którym dziś będziesz spać — odpowiedział, prowadząc ją za rękę.

— Tutaj — powiedział w końcu, podchodząc do trójkątnej konstrukcji, którą zbudował w pobliżu innego ogniska i mnóstwa świec wbitych w zaśnieżoną ziemię — Spójrz do środka! — dodał, wprowadzając ją do wnętrza, wciąż trzymając ją za rękę lewą gałęzią — Wejdź, zobacz, co tam na ciebie czeka! — dodał z ciepłym uśmiechem.

Amara czuła się trochę niepewnie, czy powinna wejść do tak niezwykłej struktury zbudowanej z setek gałęzi, ale widząc ciepłe światło wewnątrz, pochyliła głowę i weszła do niej. To był najbardziej romantyczny pokój, w jakim kiedykolwiek była. Był pełen puszystego futra, co sprawiło, że zaczęła się zastanawiać, skąd się ono wzięło, ale przyglądając się uważnie, zauważyła, że to były lisy, zające i borsuki zebrane razem w ciepłe, puszyste kłębki, chowające twarze głęboko w swoje futra podczas głębokiego snu, dostarczając przez to Amarze ciepła, którego potrzebowała tej zimowej nocy. Na środku pomieszczenia wisiał żyrandol ze świecami. Spojrzała na wejście i zobaczyła zaglądającą uśmiechniętą twarz Ruperta.

— Podoba ci się? — zapytał z szerokim uśmiechem na swojej hubie.

— Jest przepięknie, ale co z tobą, będzie ci zimno, zupełnie samemu tam beze mnie.

— Oj nie, nie martw się, cały czas tu będę i nie zmarznę, często podchodzi do mnie w nocy niedźwiedź i obejmuje mnie ramionami, mocno przytulając się do mojego zesztywniałego z mrozu pnia i zasypia.

— Teraz to brzmi trochę dziwnie, ale jeśli to cię uszczęśliwia i rozgrzewa...

— No cóż, co innego może zrobić człowiek, gdy jest drzewem? — Rupert roześmiał się i zamknął drzwi drewnianą konstrukcją z patyków, życząc Amarze dobrej nocy.

— „Chciałbym być z nią teraz, przytulać ją do snu w moich ramionach, czuć jej bijące serce obok mojego. Tak bardzo chciałbym być mężczyzną i móc kochać się z nią w moich ciepłych ramionach, każdej nocy" — pomyślał z nostalgią i zamknął do snu swoje dwie huby.

Rozdział 12

RZECZNY REJS

Kiedy nadeszła wiosna i moje nagie ciało zostało w końcu pokryte świeżymi liśćmi po zakończeniu mroźnej zimy, nie mogłem być bardziej podekscytowany nowymi doświadczeniami, które mogłem przeżyć z Amarą.

„Co jeszcze mogę zrobić, czego nie mogłem uczynić, kiedy byłem mężczyzną?" — pomyślałem i natychmiast doznałem inspiracji do wszystkich rzeczy, które byłem w stanie zrobić dla Amary, teraz gdy byłem prawdziwym magicznym drzewem — „Mógłbym na przykład zabrać ją na romantyczną przejażdżkę łodzią po rzece, tylko nie sądzę, żebym znalazł wystarczająco dużą łódź, w którą bym się zmieścił, o nieee, to byłoby trochę niezręczne" — pomyślałem i w tej samej chwili Amara pojawiła się z koszykiem wypełnionym świeżo zebranymi grzybami, które jakby świeciły. Miałem nadzieję, że to nie magiczne grzyby.

— Dzień dobry Rupi — powiedziała z promiennym uśmiechem, sprawiając, że moje serce natychmiast się roztopiło w błogości.

— Dzień dobry moja piękna! Czy dobrze spałaś ubiegłej nocy? Chroniona przez swoją migoczącą gwiazdkę?

— Tak, oczywiście, jak zawsze. Gwiazdka świeci, szczęśliwa nad chatką odkąd mi ją podarowałeś i nie mogłabym być bardziej wdzięczna, że niebo pozwoliło mi ją zatrzymać. Jeszcze raz dziękuję za ten niesamowity prezent. To jedna z najwspanialszych rzeczy, jakie kiedykolwiek zrobił dla mnie mężczyzna. Do niedawna miałam do czynienia tylko z aroganckimi zadufanymi w sobie mężczyznami, jakby stroszącymi swoje pióra, aby zaimponować mi wszystkimi luksusami na świecie, kiedy jedyne, czego naprawdę potrzebowałam, jak się okazało, była gwiazdka z nieba — odpowiedziała, kładąc swój koszyk na trawie nad rzeką — no może jeszcze magiczne święta z moim księciem w drzewie — dodała.

— Proszę, widzę, że lubisz grzyby, więc tu jest dla ciebie jeszcze jeden. Jest bardzo ładny — powiedziałem i wręczyłem jej ślicznego czerwonego grzyba w białe kropki, który właśnie zauważyłem przy krzywym dębie przede mną.

— Rupi, chcesz mnie zabić? — zapytała z uśmiechem.

— Ja? Nie, dlaczego? Chcę, żebyś żyła wiecznie tak jak ja — odpowiedziałem, a potem zdałem sobie sprawę, że to, co powiedziałem, zabrzmiało głupio, ponieważ kiedy wróciłbym do bycia człowiekiem, żyłbym tylko przez krótki czas w porównaniu do dębów.

— Ten grzyb jest trujący. Może wyglądać uroczo, ale jest zabójczy dla ludzi — odpowiedziała z przekonaniem.

— Ojej, tak mi głupio, postaram się dowiedzieć dla ciebie więcej o tym lesie, żebym więcej nie popełnił takiego błędu. Proszę, wybacz mi — odpowiedziałem, rumieniąc się, zawstydzony, że zrobiłem tak głupią rzecz i prawie zabiłem ukochaną. — W każdym razie, zastanawiałem się, co możemy dzisiaj zrobić. Pogoda jest cudowna, świeci słońce, a ja mam ochotę na przygodę. Chciałem zabrać cię na wycieczkę łodzią, ale gdzie znajdę łódź, w którą się zmieszczę?! — zaśmiałem się z własnego poczucia humoru w tej dziwnej sytuacji.

— Cóż, bardzo bym tego chciała, ale nie ma problemu, rozumiem, że byłoby to dla ciebie wyzwaniem. Możemy po prostu tu zostać — odpowiedziała tak troskliwym i wyrozumiałym głosem, że prawie eksplodowałem z frustracji, że nie mogłem tego dla niej zrobić.

— Czekaj, mam pomysł! Myślę, że możemy to zrobić! Będzie fajnie, zaufaj mi i myślę, że zadziała!

— Co masz na myśli? — spytała z widocznym zdziwieniem na twarzy.

— Ja będę dla ciebie łodzią!

— Będziesz dla mnie łodzią? — odpowiedziała jeszcze bardziej zdumionym głosem.

— Zaufaj mi — odpowiedziałem, a podszedłszy bliżej brzegu rzeki, rzuciłem się w jej zimne wody i krzyknąłem — Chodź, skocz na mnie, mogę płynąć z prądem! Jestem drzewem, pamiętasz? — dodałem i sięgnąłem po nią gałęzią, aby podnieść ją z ziemi i posadziłem na samym przodzie, czyniąc ją kapitanem mojej duszy lub mojego pienia.

— Jesteś szalony, ale ja kocham twoje szaleństwo! Siedziałam na tobie podczas śnieżnej zjeżdżalni, ale nigdy nie myślałam, że będę siedziała też na mokrym drewnie i wiesz co? Uwielbiam to, o ile nie będziesz potrząsać mną za bardzo oczywiście! — wykrzyknęła, gdy powoli odpływaliśmy z łagodnym prądem.

— Wiem, że jestem szalony, ale gdybym był człowiekiem, to nie mógłbym tego wszystkiego robić, więc lepiej wykorzystam ten moment!

— A więc dokąd mnie zabierasz? — zapytała po chwili Amara.

— A gdzie chciałabyś pojechać, możemy popłynąć tylko w jednym kierunku. Tym kierunku, z prądem, haha, więc będziemy musieli wracać pieszo, jeśli to ci nie przeszkadza? — zadałem to pytanie trochę za późno, gdyż unosiłem się z silnym nurtem, wiedząc, że nie mogę się łatwo zatrzymać.

— W porządku, kocham przygody, a może zatrzymamy się u borsuków? Słyszałam, że urodziły się ich dzieci — odpowiedziała.

— Jasne, to w takim razie lepiej, żebym cię tu wysadził, trzymaj się — odpowiedziałem i podniosłem ją, stawiając bezpiecznie na ziemi, zanim powstrzymałem się od dalszego unoszenia z prądem łapiąc pień starej sosny.

Po tym, jak wspiąłem się na solidny, choć mokry grunt, zobaczyłem chichoczącą Amarę,

— Co cię tak śmieszy?

— Nic, po prostu wyglądasz tak niesamowicie… mokro, trochę jak mokry wilk! — odpowiedziała, chichocząc jeszcze bardziej.

— Dziękuję! Teraz jestem nie tylko drzewem, ale też wyglądam jak mokry wilk. Ten dzień staje się coraz lepszy — parsknąłem i strząsnąłem całą wodę z moich liści, spryskując tym samym roześmianą Amarę silnym deszczem i sprawiając, że całkowicie się przemoczyła.

— Zobacz, teraz oboje wyglądamy jak mokre wilki! — zachichotałem, obserwując, jak jej twarz robi się poważna, próbując wycisnąć wodę z włosów.

— Cieszę się, że oboje mamy takie samo poczucie humoru — odpowiedziała, nie okazując nawet śladu złości na mój żart.

— Chodź mój mokry collie zobaczyć borsukowe dzieci! — odpowiedziałem, posadziłem ją z powrotem na jednej z moich gałęzi i uśmiechnąłem się do niej.

— Nadal cię lubię, ty szalony drewniaku — odpowiedziała, trzymając się mocno gałęzi, gdy poruszałem się szybko po ziemi, starając się, aby podróż była dla niej mniej wyboista, zwłaszcza że chodzenie po korzeniach innych drzew było prawdziwym wyzwaniem i czułem się trochę jak księżniczka w szpilkach.

— Mój najdroższy Rupercie! Jak miło cię widzieć! — wykrzyknęła borsukowa mama, gdy tylko zbliżyliśmy się do jej domku z mchu.

— Spójrz, kogo przywiozłem! Najpiękniejszą kobietę na Ziemi! — odpowiedziałem i szybko położyłem Amarę na trawie tuż przed twarzą rozbawionej Emily.

— To jest Amara, moja... moja... przyjaciółka — wyjąkałem, gdyż nagle nie wiedziałem, jak przedstawić kobietę, którą tak bardzo pokochałem.

— Cześć Amaro, miło cię poznać, moja droga — zawołała Emily, podskakując z podniecenia i rzucając się w jej kierunku, aby ją przytulić.

— Tak się cieszę, że w końcu masz dziewczynę Rupi, nadszedł czas, abyś się ustatkował! — dodała, biorąc Amarę za rękę i odciągając ją ode mnie.

— Dziewczynę? Nie, my jesteśmy po prostu... — zacząłem, ale przerwał mi głos Amary — Chodź mój drewniany chłopaku.

— Ja? Nazwała mnie swoim drewnianym chłopakiem? Czy dobrze słyszałem? — przez głowę przemknęła mi myśl, ale widząc mrugnięcie Amary, wiedziałem, że tak myśli, a może po prostu żartowała sobie ze mnie.

— Och, ok moja dziewczyno! Idę! — odpowiedziałem i poszedłem za nimi do ogrodu, gdzie Emily posadziła Amarę na maleńkiej drewnianej kłodzie obok doniczki wypełnionej bujnymi kwiatami lawendy w pełnym rozkwicie, co sprawiło, że zakręciło mi się w głowie od słodkiego zapachu, który zawsze mnie wprawiał w sen. — Poczekaj tu moja droga, pozwól, że pokażę ci moje drogocenne skarby — dodała i pobiegła do domu.

— Drewniany chłopak? Ja chłopak? Naprawdę? — zapytałem nieśmiało, wciąż nie wierząc w to, co usłyszałem, ale zanim Amara zdążyła odpowiedzieć, usłyszałem najdziwniejszy dźwięk, jaki kiedykolwiek słyszałem w życiu — QUEEEEEE!

— Tutaj, to są, moje słodkie maleństwa, Mikey i Tommie, moje największe szczęście! — wykrzyknęła Emily, starając się być głośniejszą niż piskliwy płacz jej dzieci w kołysce, którą przygotowałem dla nich z Robinem.

— Są urocze, po prostu piękne dzieci — powiedziała Amara, podnosząc Mikeya lub Tommiego, Bóg wie, którego naprawdę, ponieważ obaj wyglądali dla mnie tak samo, i przytuliła go do piersi, sprawiając, że przestał płakać — Aww, to takie cudowne dzieci — dodała miękkim głosem, sprawiając, że moje serce znów się rozpłynęło. Kochałem to, jaka była.

— Chodź, Rupi, spójrz to... Mikey — powiedziała Emily.

Przysunąłem się trochę bliżej i kiedy spojrzałem na jago twarz, zobaczyłem tylko furę futra, gruby okrągły nos i maleńkie oczka, które wyglądały jak dwie dziurki na dukaty. To była najbrzydsza rzecz, jaką w życiu widziałem. Oprócz Robina, który wytarzał się w błocie po tym, jak został do niego wrzucony przez żonę za to, że nie pojawił się w domu do wczesnych godzin porannych.

— I... jak ci się podoba, Rupi? Chcesz go potrzymać? — spytała Amara, unosząc dziecko wysoko w powietrze.

— Och, umpfpf... on jest taki... śliczny, ale nie, nie sądzę, żebym był dobry z dziećmi, ty go trzymaj — odpowiedziałem, odsuwając się powoli od tego niebezpieczeństwa, aby nie zranić jej uczuć.

— Daj spokój, Rupert, musisz trochę poćwiczyć, w końcu niedługo będziesz też miał dzieci, prawda? — zapytała Emily, wytrącając mnie z równowagi, aż potknąłem się o kamień do tyłu.

— Haaaa! Cóż, nie wydaje mi się, żeby to się szybko stało! — zaśmiałem się, wiedząc, że w obecnym niefortunnym stanie rzeczy, w którym jestem, zdecydowanie nie mogę mieć dzieci z Amarą.

— Co masz na myśli, mówiąc, że to się nie stanie? A jeśli chcę mieć dzieci? Co wtedy? — spytała Amara, odsuwając się jeszcze dalej, aż wpadłem na twarz drzewa za mną.

— Hej kolego, depczesz po moich korzeniach! — usłyszałem głos za mną.

— Och, przepraszam, przepraszam, nie chciałem — odpowiedziałem zdezorientowany całą sytuacją.

— Cóż, kiedy wrócę do bycia człowiekiem, myślę, że wtedy będzie to możliwe! — odpowiedziałem, starając się nie zobowiązać do niczego, ale dając jej wystarczająco dużo nadziei, by na razie porzucić ten temat.

— A kiedy znowu będziesz człowiekiem? — Emily zadała moje najbardziej palące pytanie, na które również chciałem poznać odpowiedź.

— Ummm, skąd mam wiedzieć? Jak tylko znajdę tę wredną Matkę Lasu, jak sądzę. Robin ma mi pomóc ją znaleźć, ale jest teraz zajęty swoją panią i zgadnij czym. Robieniem dzieci! Podobno jest to okres godowy i jego żona nie wypuszcza go na długo z gniazda i jedynie tylko po to, by zdobył więcej pożywienia, a potem zmuszony jest wracać do pracy i robić dzieci dzień i noc. Wiesz, kiedy masz tak zdesperowaną żonę, może to być bardzo stresujące, a przynajmniej tak mi powiedział ostatnim razem, kiedy udało mu się uciec ze swojego seksualnego więzienia, swojego domu, aby dać mi znać, że wkrótce wróci do bycia moim prawdziwym przyjacielem.

— Dobra, chodźmy — powiedziała Amara, odkładając Mikeya z powrotem do kołyski.

— Już? Czemu? Dopiero co tu przyszliście — spytała Emily, zdezorientowana i wniosła kołyskę z powrotem do domu.

— Dlaczego chcesz iść? Co jest nie tak? Czy to z powodu tego, co powiedziałam o dzieciach? — zapytałem.

— Nie, ale przecież zatrzymaliśmy się tu z wizytą, pamiętasz? Miałeś mnie gdzieś zabrać — odpowiedziała, puszczając do mnie oko, jakby nagle stało się to dla nas sekretnym znakiem.

— Ach tak, rzeczywiście jechaliśmy na romantyczną przygodę, zobaczymy się wkrótce — odpowiedziałem, uśmiechając się do Emily i wsadzając Amarę z powrotem na moją prawą gałąź.

— Cudownie było was oboje zobaczyć! Jesteście taką uroczą parą! — zawołała Emily, gdy oddalaliśmy się do lasu.

— „Dzięki Bogu, że ta wizyta się wreszcie skończyła" — pomyślałem.

Rozdział 13

PORWANY Z NURTEM

— A może zatrzymamy się tutaj? — zapytałem, płynąc po rzece w kierunku zachodu słońca, z Amarą odpoczywającą na górnym pokładzie łodzi, czyli na mnie.

— Tak, wygląda to na idealne miejsce na przystanek. Ta łąka niebieskich dzwonków z widokiem na góry — odpowiedziała, więc szybko ją podniosłem i postawiłem na brzegu rzeki, mając nadzieję, że zdołam utrzymać się pobliskiego drzewa, ale moje mokre gałęzie prześlizgnęły się po nim, a silny prąd przyspieszył, uniemożliwiając mi to.

— Rupert, co się dzieje! Dlaczego się nie zatrzymujesz? — usłyszałem przerażony głos Amary.

— Nie mogę się zatrzymać, prąd jest za silny! — odkrzyknąłem, zastanawiając się, co mam teraz zrobić.

— Rupert, proszę, przestań, poczekaj, pozwól, że ci pomogę! — zobaczyłem Amarę biegnącą wzdłuż rzeki, próbującą mnie dogonić, ale potem zgubiłem ją z pola widzenia.

— Tutaj, złap się tego! — znów usłyszałem jej głos tuż nade mną, siedzącą na gałęzi i opuszczającą ją tak, abym mógł do niej dosięgnąć.

— Ja... ja... nie mogę — odpowiedziałem, gdy prąd przyspieszył jeszcze bardziej, uniemożliwiając mi jakikolwiek ruch, a słysząc głośny łomot wody modliłem się, aby nie to było, czego najbardziej się obawiałem.

— Trzymaj się, to wodospad! — krzyknęła Amara, patrząc na mnie z twarzą pełną strachu, wyraźnie zdyszana od biegania za mną.

— Ja... ja cię... — mruknąłem, chcąc powiedzieć, że ją kocham, gdyż było dla mnie jasne, że teraz umrę, ale nie miałem czasu, żeby to powiedzieć, ponieważ zobaczyłem brzeg wody, bezlitośnie pchający mnie ku końcu mojego życia jako drzewo.

Potem spadłem z wodospadu.

Nie czułem niczego poza głośnym dudnieniem wody wokół mnie i najsilniejszą w moim życiu siłą, nad którą nie miałem kontroli, lecąc w dół. Potem umarłem, a przynajmniej tak myślałem przez chwilę, wpadając w głąb rzeki z wielkim hukiem, rozpryskując wodę wysoko w powietrze i na boki.

— Rupert!!! — usłyszałem pod wodą rozbrzmiewający echem głos Amary.

Otworzyłem oczy i... żyłem! Znowu unosiłem się na spokojnej rzece. Resztkami sił złapałem drzewo po lewej stronie i się go przytrzymałem. Byłem bezpieczny. Przeżyłem.

— Rupert... już do ciebie idę! — krzyknęła Amara, widząc, jak się uśmiecham i powoli wychodzę z wody.

— Ok, moja droga, nie spiesz się, wszystko w porządku, — odpowiedziałem, wypełzając z wody i ochlapując ją z siebie na boki — Wszystko w porządku, nie martw się — dodałem, gdy podbiegła do mnie.

— Nic ci nie jest? Jesteś ranny?

— Nie jestem ranny, tylko trochę zmęczony. Prąd był zbyt silny i nie mogłem się zatrzymać. Przykro mi, że musiałaś tego doświadczyć.

— Tak się o ciebie martwiłam, myślałam, że cię stracę — odpowiedziała, przytulając mnie mocno obiema rękami.

— Myślałem, że nie dam rady i że nigdy więcej cię nie zobaczę — odpowiedziałem i podniosłem się, otrząsając wodę ze zmęczonego ciała — Widzisz? Nic mi nie jest. Wszystko w porządku — dodałem, ale poczułem się trochę słaby i zachwiałem się na bok.

— Nie, jesteś wyczerpany, musisz odpocząć, dalej już nie pojedziemy — odpowiedziała, delikatnie mnie przytulając, pomagając mi odzyskać równowagę.

— No, ale musimy wracać do domu. Obiecałem ci, że wrócimy wieczorem.

— Nie, nie możemy wrócić. To jest zbyt niebezpieczne, a i tak robi się ciemno, jesteś za słaby, żeby iść w górę rzeki. Zostaniemy tutaj.

— Co? Czy na pewno chcesz tu zostać? Ze mną, ale gdzie będziesz spać?

— No cóż, miałam nadzieję, że coś wymyślisz... jak zawsze — odpowiedziała, uśmiechając się do mnie i siadając na brzegu rzeki, zanurzając bose stopy w krystalicznie czystej wodzie.

— No, a może zrobię dla ciebie łóżko? — zasugerowałem i ułożyłem jedną stronę moich gałęzi blisko siebie w kołyskę i podnosząc trochę mchu z ziemi, umieściłem go w niej.

— Proszę! Oto twoje nowe łóżko. Podoba ci się? Będzie wystarczająco wysoko, aby chronić cię przed zwilkami w nocy, a jeśli będzie padało, zrobię ci mały daszek nad głową, żeby deszcz w ogóle ci nie przeszkadzał. Co na to powiesz?

— No widzisz, wiedziałam, że coś wymyślisz, jesteś niesamowity — odpowiedziała i ściągnęła swoją jasnoniebieską sukienkę, odkrywając nagą sylwetkę i wskoczyła do rzeki, przyprawiając mnie o zawrót głowy od tej niespodziewanej wizji.

— Czy ja śnię? — pomyślałem, nie wierząc w moje szczęście spotkania najpiękniejszej istoty na Ziemi.

Amara pływała tak, jakby urodziła się jako nimfa wodna, a przynajmniej to o nich słyszałem ze starych baśni. Chlapała wodę wokół siebie niesamowitymi wirami i kształtami, zamieniając jej pływanie w magiczne przedstawienie.

„Jak ona mogła to robić?" — pomyślałem, ale zanim cokolwiek powiedziałem, wykrzyknęła radośnie — Widzisz? Teraz to moja kolej na zmoknięcie! — śmiejąc się i nurkując pod wodą jak delfin.

„Och, kocham swoje życie i kocham Amarę" — pomyślałem, a potem, — Czy właśnie to pomyślałem? Jestem drzewem. Jeszcze. Kiedy znowu będę sobą? A kiedy będę mógł dać Amarze to, czego potrzebuje od mężczyzny? — pomyślałem z niepokojem, ale jednocześnie nie mogłem się doczekać naszej wspólnej nocy.

Stojąc tam o zmierzchu, zacząłem się zastanawiać: Czym tak naprawdę jest miłość? Czy to dotyk skóry ukochanej osoby? Czy to pocałunek, którym osoba wita mnie każdego dnia? Czy to spojrzenie, którym mnie darzy, kiedy widzi, jak wchodzę do domu przez drzwi? Czy to jakiekolwiek fizyczne doznania, których mogę doświadczyć jako istota ludzka? Skąd mam wiedzieć, czy to szczera i prawdziwa miłość? W mojej głowie jest tyle pytań, na które szukam odpowiedzi, że nie mogę spać spokojnie w nocy, nie wiedząc, co to naprawdę oznacza. W zamku mam idealną kandydatkę do małżeństwa, którą wybrał dla mnie mój ojciec. Jest piękna, zna inne języki i potrafi dygać jak dama. Czy to nie wystarczy, żebym ją kochał i okazywał jej szacunek i poczucie, na jakie zasługuje jako moja żona i przyszła królowa? Według mojego ojca to ona jest dla mnie odpowiednia. Nasze królestwo będzie bezpieczne tak długo, jak długo będę z nią, Księżniczką Królestwa Wschodu, ale wciąż jest we mnie ten irytujący głos, który nie pozwala mi zasnąć w nocy; A jeśli to nie jest miłość? A jeśli ten powierzchowny sposób patrzenia na małżeństwo nie wystarczy, abym mógł prowadzić szczęśliwe, spełnione życie? A co, jeśli w tym krótkim życiu mogę doświadczyć czegoś więcej? No, ale przecież nie mogę sam wybrać małżonki. Mój ojciec już to zrobił, więc musi mieć rację. Muszę mu zaufać. Mimo to czuję się niespokojny. Teraz gdy jestem DRZEWEM, czuję się... wolny. Czuję wolność wyboru tego, czego chcę od życia i z kim chcę być. Czuję, że Amara jest dla mnie jedyną kobietą, pomimo że jest zwykłą dziewczyną, a nie księżniczką, ale największą tragedią jest to, że teraz jestem piekielnym drzewem. Nie mogę być z Księżniczką Królestwa Wschodu ani z Amarą. Żadna z nich nie może mnie pokochać. Kto pokochałby brzydkiego dęba? Nie mogę chodzić, bo czy można tak nazwać moje zygzakowate ruchy korzeniami w zwolnionym tempie? Nie mogę dać żadnej z nich tego, czego potrzebują, kochającego, opiekuńczego mężczyzny, jakim jestem, wspaniałego księcia, przystojnego i czarującego, który może zabrać je powozem w kierunku zachodzącego słońca. Po prostu nie mogę okazać miłości żadnej z nich, chociaż chcę ją tylko okazać Amarze. Pięknej, niewinnej i opiekuńczej dziewczynie, najpiękniejszemu stworzeniu, jakie kiedykolwiek widziałem. Chciałbym, tylko żeby wiedziała, co do niej czuję i chciałbym jej powiedzieć, że mimo wszystko jestem księciem. To znaczy, powiedziałem jej, ale ona tylko się zaśmiała, wiedząc, że jestem tylko dębem, przeżywającym chwilę słabości i pobożnych życzeń, że pewnie tylko żartuję i marzę. Kiedy to się wreszcie skończy? Dlaczego nie mogę po prostu być normalny i szczęśliwy w miłości? Jaką miłość mógłbym jej przecież dać w stanie, w jakim się znajduję? Nie mogę jej przytulić na dobranoc w ciepłym łóżku, nie mogę jej całować za każdym razem, kiedy ją widzę, nie mogę się z nią kochać jak dobry mężczyzna. Nie mogę, nie mogę, nie mogę... jestem niczym i nic nie mogę przecież czuć teraz, będąc drzewem. Nie ma nic, co mógłbym jej dać jako drzewo. Chcę tylko... umrzeć. Chcę, żeby ten ból i nieszczęście się skończyły. Nie chcę jej skrzywdzić. Nie wiem, dlaczego jest dla mnie taka miła i opowiada mi o wszystkich marzeniach, bo żadne z nich się nie spełni, dopóki znowu nie stanę się człowiekiem. Nienawidzę tej wiedźmy Matki Lasu. To wszystko jej wina. Zrobiła mi to specjalnie. Chcę ją znaleźć i sprawić, żeby cierpiała, tak jak ona sprawiła, że ja, tak bardzo cierpię. Niekochany i nieszczęśliwy, bez ciała, w którym powinienem być teraz. Jak mogę kochać bez ludzkiego ciała? Chociaż czuję to, co czułem kiedyś, nie mogę tego pokazać. W jaki sposób? Jak? Czuję to... czuję to tak bardzo, że boli, ale... to nie może być prawdziwe, prawda? Nie potrafię okazać ciepła i współczucia dla jedynej prawdziwej miłości mojego życia, Amary. Jestem drzewem. Drzewa nic nie czują. To okropne, bo właściwie to, co teraz czuję...tak mocno... to...miłość. Ok, dość tego. Muszę znaleźć tę Matkę Lasu. Nie jest dla mnie Królową Lasu. To bezlitosna kobieta. Bez serca. Okrutna, ale zanim to zrobię, powiem Amarze... co do niej czuję. Tak. Powiem jej, że ją kocham, nawet jeśli to jest nieodpowiednie, bo drzewo nie może kochać człowieka, choć ja kocham ją tak bardzo, że to boli.

Rozdział 14

PIORUN

Kiedy las zatonął w całkowitej ciemności podczas bezksiężycowej nocy, Amara wyłoniła się zza paproci, gdzie suszyła się po wieczornej kąpieli i zobaczyła miliony świetlików otaczających Ruperta oraz stół, który dla niej przygotował.

Świetliki rozbłysły w delikatnym tańcu wokół Ruperta i Amary, iskrząc, jakby gwiazdy zstąpiły na ziemię, tańcząc w zsynchronizowany sposób Walc Miłości. W końcu przecież był to taniec godowy samców chcących przyciągnąć samice w nadziei, że ten, który świeci najjaśniej, przyciągnie najlepszą. Oczy Amary wypełniły się wodnistymi perłami, migoczącymi w kącikach.

— To dla ciebie — powiedział Rupert ciepłym, troskliwym głosem.

— To jest... to jest... — wyjąkała Amara, ponieważ nie mogła teraz mówić, będąc poruszona jego pomysłowością.

Rupert patrzył jej prosto w oczy i w głębi duszy wiedział, że ona czuje do niego to samo, co on. Cały świat wirował wokół nich w magicznym tańcu miłości. Miłości, która była wokół nich i miłość, która była w ich sercach. Miłość, która przeniknęła każdy liść, każdy kamień, każdy podmuch wiatru. Kiedy po tym, co wydawało się wiecznością patrzenia sobie w oczy bez słowa, Rupert gwizdnął, a świetliki zgromadziły się wokół niego, blisko jeden obok drugiego, idealnie otaczając każdą jego gałąź i każdy liść. Wyglądał, jakby płonął, emanując najbardziej kochającym światłem w środku ciemnego lasu.

— Zobacz! I kto jest teraz najjaśniej świecącym samcem w lesie? — zapytał, mrugając z uśmiechem, doskonale wiedząc, dlaczego rozświetlają się samce świetlików.

— Wyglądasz... wyglądasz... Amara znów zaczęła się jąkać — Wyglądasz bosko!

— Przygotowałem to wszystko dla ciebie. Zrobiłem to, ponieważ... — powiedział, ale urwał w połowie zdania, ponieważ wiedział, że to najważniejszy moment jego życia, kiedy chce wyznać swoją głęboką i szczerą miłość najwspanialszej kobiecie na Ziemi — ponieważ kocham cię — powiedział w końcu i zwrócił oczy w przeciwnym kierunku, zakłopotany swoim wyznaniem wciąż będąc drzewem i martwiąc się, jaką odpowiedź może otrzymać od obiektu jego uczuć.

— Rupercie, ja też cię kocham — usłyszał delikatny szept i poczuł się, jakby świetliki uniosły go teraz w powietrze — zawsze cię kochałam. Od chwili, gdy spojrzałam na ciebie przy wodospadzie. Wiedziałam, że jesteś dla mnie tym jedynym. Wiedziałam, że jesteś kimś więcej niż tylko drzewem. Wiedziałem, że jesteś najbardziej kochającym i troskliwą duszą, jaką spotkałam w swoim życiu. Przepraszam, że droczyłam się z tobą, że nie wierzyłam, że jesteś człowiekiem w drzewie. Wiedziałam przez cały czas i czułam, że mieliśmy się spotkać właśnie tam i wtedy. Naszym przeznaczeniem było być razem na zawsze.

— Och, Amaro, dziękuję ci za serce i za duszę. Obiecuję, że będę się tobą opiekować na wieki, a jak tylko wrócę do bycia sobą, zapewnię ci najlepsze życie w zamku jako moja księżniczka — odpowiedział, unosząc ją delikatnie wysoko w powietrze swoimi dwiema gałęziami i zbliżając ją do piersi lub gdzie byłaby teraz jego klatka piersiowa, gdyby był mężczyzną.

Amara objęła go ramionami i poczuł, jak jej bicie serca pulsuje na całej powierzchni kory, wypełniając go najbardziej kochającą wibracją, jakiej kiedykolwiek doświadczył.

— Kocham cię teraz i na zawsze i nie obchodzi mnie, czy kiedykolwiek wrócisz do bycia człowiekiem. Moja miłość do ciebie jest jak skała. Jest tak solidna, że nic by jej nie zmiażdżyło, a gdyby tak było, pozostałaby w najdrobniejszym zgniecionym kawałku. Nie obchodzi mnie mieszkanie w zamku. Jestem najszczęśliwsza w tym lesie z tobą. Nigdy cię nie opuszczę i zawsze będę się o ciebie troszczyć — szepnęła.

— Och kochanie, będę cię kochać i chronić tak długo, jak żyję, a kiedy umrę, znajdę cię w chmurach nieba, abyśmy mogli być razem połączeni duszami na wieczność — wyznał Rupert i jeszcze mocniej przycisnął jej drobne ciało do swojej kory.

— Auch, Rupercie, za bardzo mnie ściskasz. Wiesz, że jesteś bardzo silny —powiedziała, patrząc mu w załzawione oczy, a on puścił ją na ziemię.

— Spójrz, co dla ciebie przygotowałem. Romantyczna kolacja przy świetle świetlików — powiedział z dumą i gdy tylko to zrobił, świetliki rozprzestrzeniły się wokół, tworząc podobne do żyrandoli konstrukcje zwisające z gałęzi, tuż nad drewnianym stołem zrobionym ze starej kłody i wykonanym w ten sam sposób stołkiem, tylko mniejszym. Amara usiadła na nim, patrząc na gwiazdy migoczące w ciemności nieba i przepiękne żyrandole. — Mam twoje ulubione smażone grzybki, sok z dzikich jagód i pieczone żołędzie, a grzybki nie są trujące, zaufaj mi, a teraz kiedy zebrałem całą wiedzę na ich temat, chciałbym usunąć te złe z lasu — dodał.

— Dziękuję bardzo. To bardzo miłe z twojej strony, ale myślę, że pieczone żołędzie byłyby bardziej odpowiednie dla Olka i Leticji. Uważam, że jedzenie twoich orzeszków byłoby trochę dziwne — odpowiedziała z uśmiechem.

— Tak, tak, masz rację. Życzę ci smacznej kolacji. Ja po prostu będę tu stał i cię obserwował. Na szczęście nie potrzebuję kolacji, żeby przeżyć. Wiem tylko, że mogę pić litry wody przez korzenie, Olek powiedział, że może to być nawet ponad dwieście litrów wody dziennie. Czy wiesz, ile to jest? Ogromna ilość, a jeśli chodzi o żołędzie, no cóż, też myślę, że byłoby zbyt dziwnie jeść własne orzeszki albo... swoje dzieci — odpowiedział z głośnym śmiechem.

— Tak, to byłoby naprawdę bardzo dziwne. Nie wydaje ci się to dziwne, że rodzisz dzieci, mimo że jesteś... — odpowiedziała, ale przerwała, niepewna, jak dokończyć.

— Tak, wiem, wiem. Kiedy dowiedziałem się, że będę w stanie wyprodukować żołędzie, które zasadniczo są moimi dziećmi, tylko dlatego, że jako dąb mam zarówno żeńskie, jak i męskie kwiaty, przestraszyłem się. Olek i Robin śmiali się jak opętani, kilka razy mnie dręcząc, pytając, kiedy będę rodzić, ale teraz to zaakceptowałem. Myślę, że czasami lepiej jest być `dwa w jednym' i bardziej samowystarczalnym. No i my nie moglibyśmy kiedykolwiek mieć dzieci, ty i ja... — dodał, ale urwał, bo właśnie zdał sobie sprawę, że gdyby został taki, jaki był, nigdy nie mógłby mieć potomstwa z Amarą. — Dlatego zrobię wszystko, co w mojej mocy, by znaleźć Matkę Lasu i nakłonić ją do usunięcia tego zaklęcia. To, co zrobiła, jest naprawdę niesprawiedliwe. Nie zasłużyłem na to. W każdym razie mam dla ciebie jeszcze jedną niespodziankę tego wieczoru — dodał i wskazał na żaby wychodzące ze strumienia.

— Ummm, chcesz, żebym teraz zaprzyjaźniła się z żabami? Miejmy nadzieję, że nie każesz mi zjadać ich udek...? — spytała, wyraźnie rozbawiona tym widokiem.

— Nieee, to znaczy tak, jeśli chcesz, ale posłuchaj tego... — odpowiedział, a pięć żab, ubranych w małe kokardki z trzciny, ustawiło się na skale tuż przed nimi.

Dołączyła do nich grupa świerszczy, które zaczęły grać swoją zwykłą wieczorną melodię, ale tym razem z niespodzianką, ponieważ co kilka sekund słychać było zharmonizowane odgłosy kwakania żab, tworząc ujednoliconą melodię podobną do Nad Pięknym Modrym Dunajem Johanna Straussa.

Amara obserwowała występ i uśmiechała się od ucha do ucha, wpatrując się w rozbawioną, ale dumną twarz Ruperta. Nie mogła uwierzyć, że zaplanował i zorganizował to wszystko dla niej w tak krótkim czasie. „Co za człowiek, co za dąb, co za wieczór" — pomyślała.

— Dziękuję bardzo, dziękuję, dziękuję, wykonaliście kawał dobrej roboty! — ogłosił Rupert, gdy tylko skończył się występ i cała leśna kapela szybko zniknęła tam, skąd przybyła.

Amara spojrzała mu w oczy i zobaczyła, jak do niej mrugnął. Następnie rozłożył drewnianą huśtawkę, która spadła z jego lewej gałęzi, prawie dotykając ziemi. Po obu stronach była udekorowana różowymi i białymi liliami.

— Moja pani, czy zechciałabyś się ze mną pohuśtać? — zapytał.

— Tak, bardzo bym chciała! Uwielbiam huśtawki! — odpowiedziała i usiadła na środku drewnianego siedzenia, a Rupert delikatnie kołysał ją do przodu i do tyłu.

— Uhhhuuu wyżej! — wykrzyknęła, śmiejąc się, rozbawiona tą cudowną niespodzianką.

— Widzisz, jednak bycie drzewem ma czasami swoje zalety.

— No tak, ale trochę kręci mi się już w głowie i jestem senna — powiedziała po chwili.

— Dobrze, możesz spać w moich ramionach, mam na myśli w łóżku z liści i moich gałęzi — odpowiedział Rupert, unosząc ją delikatnie jedną gałęzią i kładąc w zaciszu swojej kołyski z liści, którą dla niej przygotował — Będziesz tu bezpieczna w moich ramionach — dodał, a ona wkrótce zapadła w błogi sen, słysząc jedynie świerszcze w oddali kontynuujące swoją nocną serenadę.

Rupert był szczęśliwy, że mógł mieć swoją ukochaną u swego boku tej nocy. Poczuł się kompletny. Jego powieki stawały się coraz cięższe, gdy zapadał w głęboki sen, ale obudził się nagle przez głośny huk i zobaczył potężne światło rozdzierające niebo. „O nie, nadchodzi burza" — pomyślał.

— Co to było? — spytała zaspana Amara, podnosząc głowę.

— Szybko, muszę znaleźć dla ciebie kryjówkę. Nie możesz tu ze mną spać. To zbyt niebezpieczne — powiedział, kładąc ją zmieszaną na ziemi i odsuwając się w kierunku ściany skał — chodź, muszę znaleźć ci bezpieczne miejsce, by cię ukryć.

— Ale ja nie chcę nigdzie bez ciebie iść. Dlaczego nie mogę schować się pod twoimi gałęziami i trzymać się blisko ciebie?

— Bo to oznaczałoby dla ciebie pewną śmierć. Nie mogę tak ryzykować twojego życia. Piorun z większym prawdopodobieństwem uderzy w najwyższe drzewa, czyli we mnie. Jestem dla ciebie chodzącym niebezpieczeństwem. Muszę cię schować w jaskini — odpowiedział głosem, który zanikał w silnym wichrze poruszającym wszystkie drzewa.

Piorun uderzał raz za razem z głośnym hukiem, niebo rozświetlało się szkieletowymi formami, sprawiając, że Amara coraz bardziej sztywniała ze strachu, idąc obok Ruperta, który teraz dotykał zbocza skały, jakby szukał otworu. — Wejdź tutaj, szybko.

W tej jaskini będziesz bezpieczna. Ja odejdę teraz, bo nie chcę być zbyt blisko ciebie — powiedział, wpychając Amarę w ciemny otwór.

— Nie martw się, przyjdę po ciebie, jak tylko burza się skończy, dobrze ukochana? — zapytał, ale Amara tak kurczowo trzymała się jego gałęzi, jakby to był ostatni raz, kiedy mieli się widzieć. Jej oczy wypełniał strach za każdym razem, gdy płonące światło rozprzestrzeniało się po ciemnym niebie.

— Nie chcę być tu sama, proszę, nie zostawiaj mnie. Powiedziałeś, że nigdy mnie nie opuścisz, a teraz to robisz. Czemu? Proszę, trzymaj się blisko mnie — błagała ze łzami w oczach.

— Przepraszam. Muszę to zrobić, to dla twojego dobra. Proszę, zrozum, że jestem dla ciebie chodzącą śmiercią, a ty nie możesz umrzeć, słyszysz mnie? Nie możesz. Nie pozwolę, żeby tak się stało, oznajmił i wyciągnął swoje gałęzie z jej zaciśniętych pięści.

Gdy się oddalał, ciężkie krople deszczu zaczęły padać na jego liście, a gdy był już kilka metrów dalej, silne błyskawice uderzyły go w sam środek i przez ułamek sekundy poczuł ostry ból, jakby miał spłonąć i umrzeć.

— Nieee! Rupercie!! Nie możesz umrzeć! — wrzasnęła Amara, biegnąc w jego stronę, ale nie usłyszała odpowiedzi.

Wtedy ogarnęła ich cisza i całkowita ciemność.

Rozdział 15

JESTEM NIEBEZPIECZNY

— Rupercie, coś ci jest? — szepnęła przerażona Amara, dotykając kory — Rupercie! Proszę, powiedz coś! — wykrzyknęła tym razem znacznie głośniej.

— Wszystko w porządku, czuję się tylko, jakbym został trafiony przez piorun — odpowiedział i uśmiechnął się, jakby to było zabawne.

— Dzięki Bogu, prawie dostałam zawału serca, że ty...

— Że ja co...?

— Że umarłeś.

— A gdybym umarł, byłabyś smutna? — odpowiedział, mrugając, jakby nadal uważał to za wielki żart.

— To poważna sprawa, dlaczego z tego żartujesz? Tak, byłabym bardzo smutna i boję się, że też bym umarła.

— Co? Dlaczego miałabyś umrzeć, gdybym umarł? Nawet nie mów takich rzeczy Amara, to nie jest zabawne.

— Więc ty możesz żartować, że umierasz, ale kiedy ja to mówię, to jest to niestosowne? Już bądź cicho — odpowiedziała, przytulając go mocno, ale odepchnął ją stanowczym ruchem i ponownie wsadził do jaskini. Stojąc blisko, stworzył dla niej schronienie przed deszczem tuż przed jej wejściem.

— Widzisz, wiedziałem, że muszę cię umieścić w bezpiecznym miejscu, po prostu wiedziałem, co się stanie.

— Skąd to wiedziałeś?

— Nie wiem skąd. To tak, jakbym miał przeczucie czy coś takiego. Wydaje mi się, że wiem teraz o wiele więcej, kiedy jestem drzewem. Nigdy wcześniej nie miałem tak duże wiedzy o Wszechświecie, naturze i zwierzętach, także o sobie. Czuję, że naprawdę poznałem siebie, że jestem częścią tego lasu, wszystkiego i wszystkich, jakbym stał się częścią jakiejś zbiorowej świadomości. Wszystko wydaje się ze sobą połączone we Wszechświecie i nawet ty i ja wydajemy się mieć tę szczególną więź, której nigdy wcześniej nie czułem z żadną kobietą.

— Tak, wiem, co masz na myśli, ja też czuję to samo, gdyby tylko więcej ludzi czuło to, co my. Gdyby tylko więcej ludzi rozumiało więcej o naszym świecie, który w rzeczywistości jest tym samym światem, ale widzą go zza niewidzialnego szkła tworzącego barierę między sobą a nami.

— Masz na myśli między sobą a nami w sensie natury? Ty też jesteś przecież człowiekiem, a rozumiesz tyle, co ja? Nie jesteś taka jak wszyscy inni, czy nawet ja, kiedy byłem przystojnym księciem — odpowiedział z uśmiechem.

— Tak, wydaje mi się, że wiem więcej, ponieważ mieszkam w tym lesie od tak dawna i poświęciłam trochę czasu, aby to zrozumieć. Dlatego mogę z tobą porozmawiać — odpowiedziała Amara i schowała się nieco bardziej w jaskini, bo deszcz coraz mocniej uderzał w ziemię, a błyskawice rozświetlały niebo, pomimo że słychać było głośne huki już bardzo daleko.

— Bardzo się cieszę, że cię spotkałem, jesteś jak powiew świeżego powietrza i nie przypominasz żadnej innej kobiety, którą spotkałem wcześniej.

— Ja też lubię takiego, jakim jesteś. Nie przypominasz żadnego innego drzewa, które spotkałam wcześniej. Jesteś szalony, ale zabawny i bardzo opiekuńczy. Jesteś dla mnie prawdziwym dżentelmenem, zupełnie jak dobry człowiek.

— Jestem mężczyzną, pamiętasz? Po prostu utknąłem w tym drzewie, ale nie na długo, kochanie. Wczoraj rozmawiałem z Robinem i powiedział mi, że wie, gdzie znaleźć Matkę Lasu. Jak tylko to zrobię, wyjaśnię jej, co się stało i znów będę normalny. Tak bardzo chcę, żebyś spotkała mnie w moim ja, nie z tymi liśćmi i grubą korą zamiast mojej skóry.

— Jestem pewna, że będziesz wyglądać niesamowicie, ale martwię się, że kiedy wrócisz do swojej ludzkiej postaci, nawet na mnie nie spojrzysz. Wrócisz do planu poślubienia idealnej dla siebie księżniczki, a ja zostanę tu na zawsze, sama w lesie. Mówisz, że mnie teraz kochasz, ale może być inaczej, gdy znów będziesz przystojnym księciem — odpowiedziała z nutą smutku i nostalgii w głosie.

— Umm, tak myślisz? Więc nadal mnie nie znasz. Może trudno mi wyrazić to, co czuję do ciebie teraz w tej formie, ale mogę cię zapewnić, że nie ma na ziemi kobiety, której pragnę bardziej niż ty. Jesteś dla mnie jedyną kobietą. Tak bardzo cię kocham — powiedział i zakrył oczy jedną z gałęzi, jakby ukrywał fakt, że się rumieni, choć i tak nie można by tego zobaczyć w ciemności i przez ulewny deszcz.

— Więc... naprawdę mnie kochasz i chcesz być ze mną, nawet gdy znów staniesz się człowiekiem? Och, Rupercie, to najpiękniejsza rzecz, jaką w życiu słyszałam. Widzisz, marzyłam o znalezieniu prawdziwej miłości, a to, co znalazłam, jest czymś cenniejszym. Odkąd cię poznałam, marzyłam o znalezieniu prawdziwej miłości z... tobą, moją jedyną bratnią duszą na całe życie. Czuję, że jesteś tym, z którym miałam spędzić życie na zawsze. Ja też cię kocham, Rupercie! — wykrzyknęła i wpadła mu w ramiona, a on podniósł ją w pasie swoimi gałęziami, ale gdy próbowała go przytulić i delikatnie pocałować na jego korze, zatrzymał się i położył ją z powrotem na grunt.

— Ale nie mogę ci nic obiecać, dopóki nie znajdę Matki Lasu, która zdejmie ze mnie to zaklęcie. Idź już spać — powiedział i delikatnie umieścił ją w jaskini, zakrywając wejście patykami — przyjdę po ciebie rano i wezmę cię do domu. Śpij dobrze — dodał i odszedł, ale nie mógł spać całą noc, wpatrując się w niebo.

Zdał sobie sprawę, że on i Amara po prostu nie mogą być razem tak długo, jak był drzewem. Piorun tylko uświadomił mu, że nie może już nigdy więcej ryzykować jej życia. Zaczął się zastanawiać, czy postąpił właściwie, wyznając jej miłość. Może to był wielki błąd. Może powinien był poczekać, aż znów stanie się mężczyzną.

— „Chcę, żeby była ze mną szczęśliwa, ale może będę musiał pozwolić jej odejść. Może nigdy nie znajdę Matki Lasu, która usunie zaklęcie, a ona zasługuje na znalezienie dobrego mężczyzny, który jest człowiekiem, który potrafi się nią opiekować i kochać ją w najlepszy możliwy sposób. Nie mogę jej tak chronić. Powiem jej, że to nie może tak być. Chcę jej powiedzieć, że kocham ją tak bardzo, że chcę, aby była szczęśliwa z innym mężczyzną... pomimo jak szalone mogłoby się to wydawać, ale to jedyne rozwiązanie tego szaleństwa mojego bycia drzewem. To mój największy akt miłości dla niej. To wszystko, co mogę teraz zrobić. Muszę jej dać wolność" — pomyślał i z ciężkim sercem obserwował słońce wschodzące powoli nad mglistą doliną, obawiając się, że nowy dzień nie przyniesie szczęścia żadnemu z nich.

Rozdział 16

POŚWIĘCENIE

Amara rozkoszowała się śniadaniem składającym się ze świeżo zebranej rosy w kubku z kwiatu i miski jagód z miodem, którą Rupert zostawił jej na stole z poprzedniego wieczoru.

— „Musiał wstać naprawdę wcześnie" — pomyślała, ale nigdzie go nie widziała.

Obserwowała pozostałości mgły unoszącej się znad rzeki i promienie słoneczne przebijające się przez paprocie, jakby niebo się dla niej otworzyło. Bardzo tęskniła za Rupertem i nie mogła się doczekać, kiedy znów go zobaczy. Chciała raz jeszcze wyznać swoją głęboką bezwarunkową miłość do niego i wdzięczność za wszystko, co dla niej zrobił. Nigdy w całym swoim życiu nie czuła się bardziej radosna i kochana. Chronił ją przed niebezpiecznymi zwierzętami, uratował przed piorunem, zabrał ją na wycieczkę po rzece. Niewiele było rzeczy, których nie mógł zrobić. Okazał jej tyle miłości i troski, że w końcu chciała mu powiedzieć, ile to dla niej znaczyło. Spięła włosy w pochlebny kucyk, włożyła w niego dzwonki i kilka liści Ruperta. Potem użyła soku z czerwonych jagód, aby jej usta i policzki były pięknie uwodzicielskie i lśniące. Była gotowa pokazać mu raz jeszcze swoją miłość do niego, ponieważ był mężczyzną lub drzewem, którego szukała przez całe życie. Był najlepszą rzeczą, jaka jej się przytrafiła w wieczności świata. Kiedy zrobiła kilka kroków w kierunku rzeki wyraźnie teraz widocznej, gdyż mgła się powoli znikała, rozejrzała się i zobaczyła Ruperta stojącego samotnie nad jej brzegiem, wyglądającego jakby spał. Podeszła do niego cicho, mając nadzieję, że jej nie usłyszy.

— Wcześnie wstałaś. Właśnie obserwowałem wschód słońca, medytowałem i myślałem o tobie. Dobrze spałaś? — zapytał, zanim zdążyła go dotknąć.

— Tak, dziękuję, a ty? Czy ktoś ci przeszkadzał?

— Nie, to była przyjemna i spokojna noc, to znaczy jak na ciszę po burzy. Nigdy wcześniej nie zostałem naładowany tak dużą ilością energii za jednym razem. Nie mogłem spać przez całą noc, ale dało mi to również jasność.

— Miło mi to słyszeć. Widzisz, przyszłam tak wcześnie, ponieważ...

— Ponieważ tęskniłaś za swoim przystojnym dębem? Wiem, wiem, jest nas niewielu. Nie dziwię się. Rano też bym się śpieszył, żeby się znów ze mną zobaczyć — odpowiedział z delikatnym uśmiechem, ale szybko zdał sobie sprawę, że przemówił szybciej, niż myślał, wiedząc, że prawdopodobnie zabrzmiał trochę arogancko, ale było już za późno.

— Tak, masz rację, tęskniłam za tobą — odpowiedziała, rumieniąc się, nie bardzo wiedząc, co powiedzieć dalej.

— Amaro, muszę ci coś powiedzieć, moja droga. Proszę, posłuchaj mnie, wiem, że mnie kochasz...

— Tak, bardzo cię kocham — przerwała mu.

— I ja też cię kocham, ale to się nie uda — odparł pełen strachu i przeniósł wzrok na drugą stronę rzeki, wiedząc, co ma teraz nastąpić; najbardziej bolesna rzecz, jaką miał do powiedzenia w swoim życiu — Jesteś piękną młodą kobietą i musisz znaleźć młodego, dobrego mężczyznę, który by się tobą zaopiekował. Spójrz na mnie, jestem tylko dębem. Nic nie mogę ci teraz dać. Mógłbym dać ci świat, gdybym był przystojnym księciem, ale teraz? Po ostatniej nocy zdałem sobie sprawę, że tylko naraziłbym twoje życie na niebezpieczeństwo i dlatego najlepiej, jeśli... przestaniemy się widywać. Chcę, żebyś była szczęśliwa i znalazła prawdziwą miłość. Nie marnuj czasu ze mną.

— Rozumiem — odpowiedziała niepewnym głosem — cóż, jeśli tak myślisz — dodała ze złością, ponieważ nie tego spodziewała się usłyszeć.

— Tak. Dokładnie tak myślę. Spójrz na mnie, jestem dębem i naprawdę nie mogę ci dać tego, czego potrzebujesz. Powinnaś trzymać się ode mnie z daleka. Raz na zawsze — powiedział stanowczym głosem i z głębokim przekonaniem, że tak będzie najlepiej dla nich obojga — chcę, żebyś znalazła miłość, na którą zasługujesz i nie mogę powstrzymać cię od jej znalezienia oraz żebyś utknęła ze mną tutaj, głęboko w środku lasu.

— Ale tej nocy, kiedy podarowałeś mi gwiazdkę z nieba, powiedziałeś, że jeśli wypowiem życzenie, to ono się spełni. Moim życzeniem było żyć z tobą szczęśliwie w miłości. Obiecałeś mi, że moje życzenie się spełni. Powiedziałeś, że zawsze będziesz mnie kochać i nigdy mnie nie opuścisz, a teraz chcesz, żebym zniknęła z twojego życia na zawsze? Dlaczego? To niesprawiedliwe i nie w porządku. Jesteś zwykłym kłamcą. Ty nigdy mnie nie kochałeś. Nigdy się o mnie nie troszczyłeś. Po prostu bawiłeś się moimi uczuciami, udając prawdziwego dżentelmena. Jesteś okrutnym, okrutnym... mężczyzną! — wykrzyknęła odwracając się do niego plecami.

— Tak, powiedziałem, przyznaję, ale nie mogę odpowiadać za twoje życzenie. Nie wiedziałem, że życzysz sobie naszego szczęśliwego i szczęśliwego... — odpowiedział, ale głos mu się załamał, nie mogąc kontynuować rozmowy, próbując powstrzymać łzy przed spływaniem po jego korze — Proszę, zrozum, jak tylko wrócimy do domu nad rzeką, najlepiej przestańmy się widywać — odpowiedział stanowczo, mając nadzieję, że ukryje tym ból straty ukochanej kobiety.

— Dobrze. Zrobię, jak chcesz. Już nigdy mnie nie zobaczysz i nie potrzebuję cię. Mogę być zupełnie szczęśliwa sama, taka, jaka byłam, zanim przybyłeś do tego lasu i bawiłeś się ze mną jak z głupią. Jak z głupią! Nienawidzę cię. Nie chcę cię więcej widzieć. Rozumiesz mnie? Jesteś okropnym, paskudnym starym...

— O tak, powiedz to! Powiedz to!

— Starym dębem! — wykrzyknęła i odwróciła się, machając długimi, falującymi włosami w powietrzu, jakby w zwolnionym tempie, i uciekła.

— Hej, czekaj! To nie jest droga powrotna! — odkrzyknął Rupert, ale Amara zniknęła mu z oczu.

— „Odeszła. Na zawsze. Wszystko się skończyło. Tak będzie lepiej. Nie ma innego wyjścia. To była właściwa decyzja" — zaczął swój wewnętrzny monolog — „zrobiłem słuszną rzecz. Musiałem to zrobić. Dla niej. Ponieważ ją kocham. Nie mogę dać jej tego, czego potrzebuje. Musiałem pozwolić jej odejść. Na zawsze. Wszystko będzie w porządku" — powtarzał w duchu, próbując przekonać samego siebie, że dobrze zrobił, ale w rzeczywistości ból w jego sercu był tak głęboki, że chciał stopić się z ziemią i zapomnieć, że kiedykolwiek istniał. Ból utraty jej na zawsze był nieznośny. Pozwolił jej odejść, żeby mogła szukać miłości z innym mężczyzną, ponieważ ją kochał, ponieważ nie mógł jej dać tego, czego potrzebowała do szczęścia. — „Musiałem to zrobić. Musiałem. Teraz muszę znaleźć tę złą kobietę, która mnie zaczarowała i powiedzieć jej, że osiągnęła swój cel. Ukarała mnie bardziej, niż mogłoby się wydawać możliwe, pozwalając mi znaleźć moją prawdziwą miłość, gdy jestem drzewem. Muszę ją znaleźć i powiedzieć jej, że nauczyłem się, tego, co naprawdę oznacza prawdziwa miłość. Oznacza pozwolenie temu, kogo kochasz, odejść, nawet jeśli to sprawi, że cierpisz. Oznacza to pozwolenie tej osobie na podążanie za jej marzeniami, nawet jeśli nie jesteś ich częścią, oraz że koniec miłości czasami oznacza największy akt miłości, jaki można dać, że poświęcenie się jest największym aktem miłości" — pomyślał i nagle usłyszał głośne dudnienie szybko zbliżających się trolli.

Wiedział, jakie niebezpieczeństwo to oznaczało dla Amary. Zauważył, że powoli cofała się do niego tyłem i wiedział, że musi ją uratować.

Rozdział 17

WIERZBA PŁACZĄCA

— Szybko! — wykrzyknęła Amara i pociągnęła Ruperta za gałąź, pomagając mu ruszyć w przeciwnym kierunku, zanim zdążył cokolwiek powiedzieć.

— Czekaj, nie ucieknę przed jakimiś paskudnymi trollami. Będę z nimi walczył tak, jak zrobiłby to prawdziwy rycerz!

— Nie możesz, kiedy zdadzą sobie sprawę, że w rzeczywistości jesteś człowiekiem w drzewie, potną cię na kawałki i zrobią z ciebie ogromne ognisko. Zaufaj mi, nie ma czasu o tym rozmawiać, po prostu chodź ze mną — wykrzyknęła i z jeszcze większą determinacją pociągnęła gałąź Ruperta.

Dudniący dźwięk zbliżających się gigantycznych trolli sprawił, że oboje zadrżeli ze strachu. Szum liści i trzask łamanych gałęzi wzmacniały wibracje ziemi pod nimi za każdym razem, gdy trolle stawiały na niej swoje gigantyczne stopy.

— Spójrz, co to jest? — spytała Amara, wskazując na otwarte drewniane drzwi u podnóża ogromnej wierzby nad rzeką, z których emanowało ciepłe światło.

— Schowaj się tam kochanie, uwierz mi, że wszystko będzie dobrze, ale musisz się teraz ukryć — odpowiedział Rupert bez wahania.

— Nie, nie wejdę tam bez ciebie!

— Musisz, po prostu wejdź przez te drzwi i się schowaj. Ja zostanę tutaj i będę udawał, że jestem tylko drzewem.

— Nie! Wyczują cię! Wyczują, że jesteś człowiekiem i cię zabiją. Nie ukryję się tam bez ciebie — odpowiedziała z desperacją w głosie.

— Amaro, proszę, nie zmieszczę się przez te drzwi. Wiesz o tym, prawda? — odpowiedział Rupert troskliwym głosem, ale Amara zbliżyła się do ciepłego światła, które oślepiało ją. Kiedy podeszła jeszcze bliżej, wciągnęła w nią gałąź Ruperta, trzymając ją mocno w dłoni i nie puszczając jej.

— Przestań, puść mnie, proszę, nie utrudniaj tego — powiedział Rupert zrozpaczonym głosem, ledwo słyszalnym teraz w koszmarnym hałasie zbliżających się trolli, prawie oddychających im po karku.

Amara weszła w światło i spojrzała na Ruperta. Wydawało się to być wiecznością, kiedy patrzyła na niego swoimi błagającymi i kochającymi oczami. Jego smutne, drewniane oczy kazały jej go puścić, ale kiedy spojrzała na trzymaną przez siebie gałąź, zobaczyła, że to... dłoń. Ludzka dłoń, trzymająca ją mocno silnymi palcami splecionymi wokół jej, jakby były jednością. W tej samej sekundzie wiedziała, co musi zrobić. Przyciągnęła ją jeszcze mocniej i z całej siły wbiegła w głębię żółtego światła. Trzymając Ruperta za rękę biegła i biegła, i biegła. Światło ją oślepiało więc zamknęła oczy. Nie widziała także w swoim sercu niczego poza nadzieją. Kiedy znów otworzyła oczy, stała na skraju urwiska z widokiem na wodospad lśniący w zachodzie słońca. Przelatywały nad nim najbardziej kolorowe ptaki, jakie kiedykolwiek widziała, a dźwięk ciszy sprawił, że sapnęła z nieoczekiwanej wizji.

— Patrz! — zawołała do Ruperta, nie odwracając w jego stronę głowy. Jej ręka wciąż ściskała jego dłoń tak mocno, że zaczęła boleć.

— Więc to jest... tak wygląda Niebo — wyszeptał i delikatnie położył drugą rękę na jej ramieniu.

Amara spojrzała na jego obie ręce i wiedziała, że zdarzył się cud. Wiedziała, że on tam jest, stoi tuż za nią i jeśli się teraz odwróci, zobaczy go takim, jakim był naprawdę, mężczyzną.

— Rupert, jesteś, jesteś... — wyjąkała, gdy w końcu znalazła odwagę, by na niego spojrzeć — znów człowiekiem — powiedziała w końcu, patrząc mu prosto w jego ciemne oczy, ale Rupert nic nie powiedział. Wpatrywał się w nią, a potem spojrzał na swoje ciało, ponieważ rzeczywiście był teraz znowu człowiekiem.

— Jestem wolny! Zaklęcie zniknęło! Znowu jestem sobą! — wykrzyknął i uniósł Amarę w pasie do góry, obracając się wraz z nią — Znowu jestem księciem Rupertem! Zła Matka Lasu przegrała! To nasza miłość sprawiła, że tak się stało! — wykrzyknął, kładąc ją na ziemi i przytulając w ciepłym, ale mocnym uścisku. Promienie światła o zachodzie słońca otoczyły ich oboje pełną miłości aurą radości i szczęścia, której nigdy wcześniej nie czuli.

— Jestem taka szczęśliwa. Teraz możemy być wreszcie szczęśliwi — odpowiedziała i zarumieniła się na widok tak przystojnego mężczyzny przed nią po raz pierwszy.

Jego biała koszula błyszczała na tle opalonej skóry, a falowane włosy nadawały mu wygląd modela z Leśnego Katalogu Książąt.

— Nie mam pojęcia, gdzie jesteśmy, ale to wygląda i sprawia, że czuję się jak w niebie. Nigdy nie widziałem tej części lasu — westchnął Rupert wpatrując się w tęczę nad wodospadem zmieniającą małe puszyste obłoczki w kolorowe kulki trzciny cukrowej.

— Ja też — odparła zdumiona Amara, oszołomiona surrealistycznym pięknem otaczającej ich natury.

— Będziemy musieli znaleźć sposób, aby wrócić do zamku, ale ponieważ słońce zachodzi, musimy zostać w bezpiecznym miejscu by przetrwać noc. Spójrz, tam na brzegu jest łódka. Masz ochotę na przejażdżkę, moja pani? — zapytał z błyszczącymi zębami w otwartym uśmiechu.

— Tak, bardzo bym tego chciała — odpowiedziała i trzymając się za ręce zeszli w dół wzgórza, spoglądając sobie w oczy i nie mogąc uwierzyć w swoją nową rzeczywistość.

— Więc, co o tym myślisz? Czy jestem taki, jak się spodziewałaś? — zapytał Rupert, patrząc na Amarę w nadziei na zapewnienie, że jest dla niej wystarczająco przystojny.

— No cóż, niczego się nie spodziewałam. Zakochałam się w tobie jako dąb. Zakochałam się w twoim sercu i duszy. Reszta tak naprawdę nie miała znaczenia i nigdy nie liczyłam, że staniesz się tym przystojnym mężczyzną, wiedząc, że nie było na to zbyt dużych szans, ale teraz, kiedy wróciłeś do swojego ciała, mogę powiedzieć, że tak, kocham twój wygląd. Uwielbiam twoje ciemne włosy poruszające się falami od lewej do prawej i od prawej do lewej. Uwielbiam twoje ciemne przeszywające oczy i promieniejący radością uśmiech. Kocham twoje muskularne ciało i to, że jesteś taki wysoki. Tak, uwielbiam twój wygląd — odpowiedziała z pewnością siebie co było ogromną ulgą dla Ruperta.

— Wiedziałem, że ten koszmar bycia drzewem nie będzie trwał wiecznie. Zastanawiam się tylko, gdzie jesteśmy i dlaczego teraz? To naprawdę niezwykła część lasu — dodał patrząc na różowe i niebieskie motyle świecące o zmierzchu tuż przed jego nosem, z których jeden usiadł delikatnie na dekolcie Amary, blisko jej pięknego biustu, tak jędrnego i lśniącego w zachodzącym słońcu, że na chwilę zapomniał o całym otaczającym go świecie.

Spacer w dół wzgórza był przyjemny i gdy tylko dotarli do białej łodzi w kształcie łabędzia z długą drewnianą szyją na dziobie, wiedzieli, że to będzie ich idealna kryjówka na noc. Jezioro było najmniejszym i najbardziej malowniczym miejscem, jakie można sobie wyobrazić, otoczone wysokimi drzewami i skałami pokrytymi z jednej strony mchem.

— Chodź, spędźmy noc na łódce, z dala od wszelkiego niebezpieczeństwa, a rano wrócimy do zamku. Chcę, żebyś poznała mojego ojca, króla i moją matkę, królową. Chcę, aby wszyscy zobaczyli twoje piękno wewnątrz i na zewnątrz. Będą cię kochać tak bardzo, jak ja cię kocham. Będziesz moją księżniczką na zawsze.

— Poczekaj — powiedziała Amara z wahaniem, zanim weszła za Rupertem do łodzi — a jeśli mnie nie polubią? Nie jestem księżniczką, nie mam posagu, nie mam tytułu, ani zamku. Jestem po prostu Amarą z lasu i kocham przyrodę, zwierzęta i ten piękny świat. Nie mam nic poza moją miłością do tego wszystkiego i do ciebie, ale czy to wystarczy? Czy moja miłość do ciebie wystarczy, aby twoja rodzina mnie zaakceptowała? Czy tak będzie? — dodała zmartwionym głosem.

— Kochanie — szepnął Rupert — oczywiście, że będą cię absolutnie uwielbiać. Będą szczęśliwi z mojego powrotu i mojego szczęścia z tobą. Będziemy mieć najwspanialsze wesele, jakie ta ziemia kiedykolwiek widziała. Będzie to dzień, który zostanie zapamiętany na zawsze. Zaufaj mi, kochana, po prostu chodź za mną teraz, tak jak ja ufałem idąc za tobą przez te drzwi w wierzbie do tego nieba na ziemi — powiedział, ujął jej obie ręce i delikatnie wciągnął ją do łódki wyściełanej miękkim mchem, słodko pachnącymi kwiatami jaśminu, różowymi płatkami róż i białymi liliami, przyprawiającymi Amarę o zawroty głowy od tego najsłodszego zapachu na ziemi.

Łódkę po chwili otoczyło stado majestatycznych łabędzi, które pojawiły się znikąd i skłoniły swe długie szyje dla księcia Ruperta i przyszłej księżniczki Amary.

— Usiądź, pozwól, że się tobą zaopiekuję — powiedział Rupert i zaczął wiosłować na środek jeziora, które było spokojne jak szklana tafla, a łabędzie eskortowały ich, jakby rzeczywiście prowadziły ich prosto do nieba.

W powietrzu nie było nawet najmniejszego podmuchu wiatru, a niebo powoli zmieniało się w najciemniejszy kolor błękitu. Migoczące gwiazdy zapalały się jedna po drugiej, jakby Czarodziejka Gwiazd włączała je jedna po drugiej, bo słońce zaszło już za górami.

Amara przeszywała Ruperta swoimi kochającymi oczami, wypełnionymi podziwem dla jego siły, dobroci i miłości do wszystkiego, co ich teraz otaczało. Wiedziała, że Rupert zakochał się w tym lesie tak samo jak ona i po raz pierwszy poczuła lekki smutek. Smutek, że opuszczą go teraz, aby żyć w świecie, w którym ludzie żyją według własnych zasad. Gdzie ludzie nie zawsze okazują szacunek i wdzięczność dla piękna tego świata. Gdzie pieniądze, władza i pozycja są najważniejsze. Gdzie materializm jest na piedestale i gdzie poczucie jedności ze Wszechświatem jest uważane za głupie, dziecinne lub jako czary. Kochała Ruperta całą sobą i wiedziała, że był jej bratnią duszą, ale jednocześnie wiedziała, że decydując się go kochać, musiała to wszystko poświęcić. Właśnie zdała sobie sprawę, że miłość to wybór i często ofiara. Oznaczała wybór jednej ścieżki zamiast drugiej. Dobrze wiedziała, że nic nie będzie już takie, jak było do tej pory i w tej właśnie chwili, patrząc w błyszczące oczy Ruperta, prawie żałowała, że nie jest już wspaniałym drzewem pachnącym dębowym mchem.

— O czym myślisz? — Rupert przerwał jej wewnętrzny monolog, jakby podejrzewał, że coś jest nie tak — Wyglądasz na zamyśloną. Czy chodzi o mnie? Uwielbiam sposób, w jaki na mnie patrzysz. Jestem bardzo szczęśliwy — dodał zatrzymując łódkę w samym środku jeziora z krystalicznie czystą wodą.

— Po prostu jestem wdzięczna za tą chwilę. Jutro będziemy daleko stąd i chcę o tym momencie pamiętać na zawsze — odpowiedziała Amara, podnoszona przez Ruperta.

Stał tak blisko, że czuła bicie jego serca, a jego szybki oddech po wiosłowaniu był tak relaksujący, że zapomniała o głupich myślach. Była najszczęśliwszą jaką kiedykolwiek była. Zatraciła się w odurzającym zapachu jego skóry, pachnącej świeżą rosą i drzewnymi nutami, jakby wciąż był... dębem, a kiedy na sekundę zamknęła oczy, wyobraziła sobie, że wciąż nim był.

— Kocham cię całym sercem i duszą. Chcę cię uszczęśliwiać do końca życia. Jestem teraz wdzięczny Matce Lasu, która uwięziła mnie w tym lesie i choć nienawidzę tego powiedzieć, zamieniła mnie w dęba. Bez niej nigdy bym cię nie spotkał. Prowadziłbym życie pełne powierzchowności, snobizmu, kłamstwa i fałszu, wystawnych imprez bez większego sensu, bo moje poszukiwanie miłości zawsze miało być tutaj, z tobą. Jesteś kobietą moich snów i stojąc tutaj teraz pod niebem wypełnionym milionami gwiazd jako moi świadkowie, teraz ogłaszam, że jestem twój, na zawsze i jeszcze więcej. Będę czcił i pielęgnował twoje istnienie u mego boku. Nigdy cię nie opuszczę, nigdy cię nie zdradzę, nigdy nie skrzywdzę cię umyślnie. Przyznaję, że będąc po zwykłym mężczyzną, będę popełniać błędy i wkurzę cię nie raz, a może nawet dwa razy, ale jeśli to zrobię, proszę powiedz mi, jeśli cię skrzywdziłem, a zrobię wszystko, co w mojej mocy, aby poprawić swoje zachowanie i upewnić się, że nigdy więcej tego nie zrobię. Będę dojrzałym, kochającym i troskliwym mężczyzną, na którego zasługujesz. Dzięki tobie będę najlepszą wersją siebie — kontynuował, patrząc głęboko w oczy Amary, w których odbijały się miliony świecących nad nimi gwiazd.

— A ja zrobię to i jeszcze więcej Rupercie. Będę cię kochała i szanowała jako mojego mężczyznę, jako mojego najlepszego przyjaciela, na którego też czasem będę się złościć. Więc proszę wybacz mi z góry moją niedoskonałość jako istoty ludzkiej, ponieważ jest to tylko część naszej egzystencji. Zrobię wszystko, co w mojej mocy, aby pokazać ci moją miłość na wieki i więcej. Będę mówiła do ciebie w moich snach i prosiła o przebaczenie o każdym zachodzie słońca. Porozumiem się z tobą słowami i bez. Gdziekolwiek będziesz w świecie, poślę ci promienie miłości, promieniujące z głębi mojego serca, abyś zawsze czuł, że jestem z tobą. Przy twoim boku. Kochająca i troszcząca się o ciebie. Możesz iść na wojnę, możesz udać się na obcy ląd, ale bądź pewien, że moje serce będzie zawsze połączone z twoim, a kiedy obudzisz się rano, każdego dnia będziesz wiedział, że nie jesteś sam. Jestem z tobą. Bo kiedy obudzę się rano powiem: Dzień dobry kochanie, moje serce, moja bratnia duszo. Na wieki i więcej — odparła Amara.

Ta chwila wyznania sobie głębokiej miłości została przypieczętowana najbardziej czułym gestem, jaki oboje sobie mogli wyobrazić. Rupert ujął twarz Amary w dłonie i położył na jej ciepłych, wilgotnych ustach delikatny pocałunek. W końcu zjednoczyli się duchowo i cieleśnie. Dwie czyste i pełne miłości dusze były tak święte jak niebo nad nimi. To był najbardziej namiętny pocałunek, jaki widział ten las. Utonęli w słodkiej wieczności swojej pasji i swojego istnienia. Właśnie tam i teraz nic więcej się nie liczyło. Nic innego nie mogło ich powstrzymać przed pełnią życia przed nimi. Nic nie było w stanie zniszczyć radości, spokoju i namiętności, które w końcu odnaleźli.

— Jesteś teraz moja. W oczach tego lasu i nieba, gwiazd i

wszechobecnego wiatru uczyniłem cię moją, a ja jestem cały twój — powiedział Rupert i uklęknął, wciąż trzymając obie ręce Amary, ponieważ łódka trochę się zakołysała — W tej chwili nie mam dla ciebie pierścionka, ale obiecuję ci, że otrzymasz najpiękniejszy pierścień z ogromnymi rubinami, szmaragdami i brylantami, jaki mogę dla ciebie znaleźć w całym królestwie. Będziesz obsypana najcenniejszymi klejnotami, będziemy tańczyć walca na balach specjalnie dla nas i kochać się w adamaszkowej bawełnianej pościeli, ciesząc się każdym dniem i nocą do końca życia. W tej chwili chcę cię tylko zapytać; Czy uczynisz mi zaszczyt zostania moją żoną?

— Tak, oczywiście, tak! — wykrzyknęła Amara z uśmiechem, a Rupert podniósł się z kolan i pocałował ją namiętnie, sprawiając, że łódka znów zakołysała się na boki w magicznej chwili zjednoczenia dwóch dusz po środku jeziora, w głębinach magicznego Zaczarowanego Królestwa Jeleni.

Następnie wziął małą lilię i owinął ją wokół palca serdecznego Amary. Jej białe płatki lśniły iskrzącą się rosą w świetle księżyca i gwiazd.

— To najpiękniejszy pierścionek, jaki mogłeś mi ofiarować! — wykrzyknęła z radości i przytuliła go mocno, czując jego bijące serce we własnej piersi, a zapach jego ciepłej skóry sprawił, że poczuła zawroty głowy od wciąż nieoczekiwanego doznania jego ludzkiego ciała, co było o tak inne niż czucie szorstkiej kory jego pnia.

Ciemność stawała się coraz głębsza, ale dzięki hordom świetlików tańczących wokół nich z pulsującymi kulkami światła i świecącym na niebie gwiazdom, było to najbardziej magiczne miejsce, w którym Rupert i Amara w końcu zjednoczyli się w umyśle, ciele i duszy.

— Kocham cię — szepnął Rupert do jej ucha aż zakręciło jej się w głowie z powodu najcudowniejszego, błogiego uczucia, jakiego kiedykolwiek doświadczyła.

Położył potem swoje silne dłonie na jej plecach ściskając ją mocno.

— Rupercie, proszę, nie mogę oddychać! — szepnęła z uśmiechem, czując jego namiętność każdą cząsteczką swojego ciała, jakby nie miał ciała od dawna i desperacko chciał go poczuć, jak i jej.

Pocałował ją za lewym uchem, wdychając głęboko słodki odurzający zapach kwiatów jaśminu w jej włosach, które zawsze nosiła oraz lawendy, którą trzymała w kieszeniach sukni.

— Pachniesz jak niebo — wyszeptał, całując ją delikatnie po szyi, wywołując u niej niekończące się dreszcze. Następnie powoli odwiązał jej skórzane paski gorsetu i delikatnie ściągnął z niej sukienkę, obnażając jej nagie ciało przed sobą, doskonałość, jaką została stworzona.

— Jesteś taka piękna — szepnął jej do prawego ucha, przesuwając ciepłymi, grubymi męskimi palcami po jej nagich plecach, jakby grał na skrzypcach jako najbardziej utalentowany wirtuoz.

Amara wpatrywała się w rozgwieżdżone niebo, kochając to uczucie na całym ciele, owijając ramiona wokół jego mocnych, muskularnych pleców, coś, co było zupełnie innym doświadczeniem niż dotykanie jego porośniętej mchem grubej kory dębu. Rupert następnie delikatnie odwrócił ją, aby stała twarzą do księżyca oświetlającego jej ciało i poczuła teraz za sobą jego nagie ciało. Poruszał palcami w górę i w dół jej brzucha, ramion, ud i jędrnych piersi. Ściskał jej gładką skórę swoimi silnymi ramionami, sprawiając, że za każdym razem wzdychała o litość. Następnie uwolnił ją, a ona błagała o więcej, gdyż nigdy wcześniej czegoś takiego nie doświadczyła. Pocałował ją w szyję po tym, jak przesunął jej jedwabiście gładkie włosy na bok, delikatnie ustami, a potem językiem, zaciskając usta, jakby chciał ją całą wessać, sprawiając, że skamieniała pod jego urokiem, zaklęciem najbardziej niesamowitej fizycznej namiętności, jakiej może doświadczyć człowiek. Następnie dotknął jej piersi, ściskając je mocno by po chwili je puścić, krążąc palcami po najbardziej wrażliwych miejscach, sprawiając, że z trudem łapała oddech, oddychając coraz głośniej. Amara dotykała jego gęstych, puszystych włosów wyciągając ramiona do tyłu, podczas gdy jedna z rąk Ruperta pozostała na jej jędrnej piersi, a druga zsunęła się poniżej pępka do obszaru, o którym istnieniu nawet wcześniej nie wiedziała. Jego delikatne ruchy opuszkami palców po jej ciele sprawiły, że była bliska omdlenia, czując się, jakby jej życie, które przeżyła do tej pory było kłamstwem, nie wiedząc, na czym prawdziwe życie tak naprawdę polega; doświadczaniu tego nieba na ziemi w magicznej części lasu. Rupert odwrócił ją ku sobie ponownie i pocałował namiętnie w usta, sprawiając, że znów zabrakło jej tchu. Jeszcze raz spojrzała w gwiazdy, ale zdała sobie sprawę, że nawet nie musi. Z zamkniętymi oczami widziała wszystkie gwiazdy Wszechświata wirujące wokół niej, owinięta w najbardziej namiętnym i silnym uścisku mężczyzny marzeń.

— Tak bardzo cię kocham — odszepnęła, kiedy w końcu uwolnił jej usta ze swoich.

Spojrzał na nią z miłością w blasku księżyca i pocałował ją w czoło. Następnie położył ją nagą na ciepłym, miękkim mchu pokrytym liliami i głęboko westchnął, gdy zjednoczyli się jako jedna dusza, która kiedyś została rozdzielona. Amara nie mogła uwierzyć w to, co się z nią dzieje. Czuła się, jakby wróciła do domu. Jakby zawsze była bezdomna, dopóki nie znalazła spokoju w jego ramionach. Wiedziała, że był tą częścią jej duszy, której zawsze brakowało. Wiedziała, że był jej bliźniaczym płomieniem. Rupert całował namiętnie jej usta, szyję i ścisnął ją tak mocno, jakby naprawdę byli jednością. Poruszał biodrami coraz szybciej, sprawiając, że łapała powietrze spod jego silnych ramion, wdychając resztki jego drzewnego zapachu dębowego mchu, który tak bardzo kochała. Poczuła ekstazę, której żadne słowa nie były w stanie opisać, której nie była w stanie naprawdę zrozumieć. Potem pociągnął jej włosy w kucyk tak bardzo, że prawie bolało, ale nie miała nic przeciwko, ponieważ czuła, że jest jego. Teraz i na zawsze, bez względu na wszystko, bez względu na to, co ktoś mógł pomyśleć. Wiedziała, że to koniec i początek. Gdy przestał się na niej poruszać i przytulił ją jeszcze mocniej, poczuła jego mokrą skórę na policzkach. Oboje doświadczali błogości jakby należeli do siebie od samego początku Wszechświata, jakby w końcu wrócili do swojego miejsca na ziemi, w swoje ciepłe ramiona. Namiętność, której doświadczyli, była nie z tego świata i wiedzieli, że teraz należą do siebie na zawsze. Przytuleni do snu wpatrywali się w to magiczne nocne przedstawienie wokół nich, nie słysząc nic poza świerszczami i żabami śpiewającymi swoją nocną serenadę. Głowa Amary spoczywała na lewym ramieniu klatki piersiowej Ruperta, który delikatnie całował ją w czoło, by ją ukoić i pokazać, jak bardzo ją kocha. Ich wspólna wieczność została właśnie przesądzona. Właśnie tam, na tej łódce w kształcie łabędzia, w świetle księżyca i miliona migoczących gwiazd.

— Od teraz zawsze będę się tobą opiekować. Ochronię cię od zła i razem z tobą będę w chwilach radości. Nasze nowe życie to dopiero początek — szepnął Rupert z namiętnością, ale słysząc głęboki i spokojny oddech Amary, wiedział, że zapadła już w słodki sen.

Zamknął oczy i także odpłynął w głęboki sen, tylko teraz wreszcie jako człowiek.

Rozdział 18

PRAWDA

Poranna mgła uniosła się tuż nad taflą jeziora, kiedy Rupert otworzył ponownie oczy.

Słońce rzucało ciepłe promienie na jego policzki i oświetlało jezioro w kolorach pomarańczu, żółci i lśniącego złota.

— Dzień dobry kochanie — wyszeptał, widząc, że głowa Amary wciąż jest w tej samej pozycji, w jakiej odpoczywała poprzedniej nocy, i wydawało mu się, że przez całą noc się nie poruszyła.

Dotknął jej dłoni, która była lekko zimna i blada o zmierzchu. Zimny dreszcz przeszedł mu po plecach. Podniósł się i delikatnie położył głowę Amary na mchu. Wydawała się być pogrążona w głębokim śnie, gdyż nie wykonała najmniejszego ruchu. Dotknął jej porcelanowych policzków i szepnął; — Amaro, obudź się. Już jest poranek. Musimy iść do zamku — ale jej słaby oddech był tak płytki, że przez chwilę pomyślał w przerażeniu, że... umarła — Amaro, kochanie, proszę, obudź się, proszę... obudź się! — krzyczał teraz z rozpaczy, lecz ona się nie poruszyła.

W panice usiadł na drewnianym siedzeniu i zaczął szaleńczo wiosłować w kierunku brzegu. Wpatrując się w martwe ciało ukochanej kobiety, jego oczy napełniły się łzami. Kiedy zacumował łódkę, wziął Amarę na ręce i zaniósł ją w słoneczne miejsce na łące.

— Co się stało kochanie? Proszę mów do mnie! Jak mogę ci pomóc? Jesteś chora? Proszę, powiedz coś Amaro, nie możesz mnie tak zostawić! — wykrzyknął jeszcze bardziej zdesperowanym głosem, który słychać było nawet po drugiej stronie jeziora.

Przysunął spocone od paniki czoło do jej klatki piersiowej i wsłuchiwał się w delikatne bicie jej serca. Było powolne i ledwo słyszalne. Ulżyło mu, że ukochana żyje, ale nie mógł zrozumieć, co się z nią stało.

— To przez ciebie, Rupercie. To tylko i wyłącznie przez ciebie — usłyszał znajomy głos dobiegający z paproci, jakby dochodził z samego piekła.

Spojrzał w jego kierunku, spodziewając się kogoś zobaczyć, ale ku swemu zaskoczeniu zobaczył Robina siedzącego na gałęzi drzewa tuż nad nim. Ulżyło mu, że jednak nie oszalał, słysząc głosy.

— Robinie! To ty! Jak się tu dostałeś? — wymamrotał.

— Wszedłem za wami przez magiczne drzwi w wierzbie. Byłem ciekaw, dokąd prowadzą. Mam nadzieję, że nie masz nic przeciwko?

— Nie, oczywiście, że nie — odparł Rupert z ulgą, że w tym pięknym, ale teraz przerażającym miejscu, gdzie Amara była chora, był ktoś jeszcze, kogo znał — ale dlaczego powiedziałeś, że to przeze mnie? Co jest przeze mnie?

— Amara jest coraz słabsza, bo teraz stałeś się mężczyzną. Wiem, że to nie jest coś, co chciałeś usłyszeć lub czego byś się tego spodziewał, ale taka jest prawda, przyjacielu.

— Co masz na myśli, ponieważ stałem się mężczyzną? Co to ma z nią wspólnego? To ja byłem pod zaklęciem, który na szczęście już nie działa i możemy być wreszcie szczęśliwi. Zabieram ją dzisiaj do zamku, żebyśmy mogli się pobrać.

— Jeśli to zrobisz, ona umrze. Ona nie może już długo żyć bez ciebie, ponieważ...

— Tak, wiem, że nie może beze mnie żyć, bo mnie bardzo kocha...

— Nie, bo nie jesteś już drzewem! — wykrzyknął Robin, ponieważ Rupert wciąż nie pozwolił mu dokończyć zdania.

— Nie może żyć, bo nie jestem już drzewem? O czym ty u licha mówisz? Proszę, powiedz mi, że to jakiś chory żart, że oboje to zaaranżowaliście, żeby mnie torturować trochę dłużej — odpowiedział, podnosząc się wyprostowany i przybierając niebezpiecznie wyglądającą twarz. Jego serce biło szybko, spodziewając się usłyszeć najgorsze, ale mając nadzieję na najlepsze.

— Ona nie może żyć, kiedy jesteś mężczyzną, bo ona jest twoją... driadą, a ty byłeś jej dębem. Ona nie jest człowiekiem, jak myślałeś. Przynajmniej tak słyszałem od wiewiórek w dolinie. Nie wierzyłem im, kiedy po raz pierwszy to powiedziały i nie chciałem cię martwić, ale widzę, że niestety mówiły prawdę. Decydując się na bycie mężczyzną, tutaj, w tej magicznej części lasu, skazujesz Amarę na śmierć, gdyż ona może żyć i przetrwać tylko dzięki temu, że jesteś drzewem. Jako driada należy do ciebie, żyje dzięki twojej energii, ponieważ w gruncie rzeczy jest częścią ciebie.

Rupert zamknął oczy, słuchając wyznania Robina, które wydawało się wyrokiem śmierci zarówno dla niego, jak i dla Amary. Wiedział, co to oznaczało. Wiedział, co to oznacza dla nich obojga. Wiedział, że nie może do tego dopuścić, ponieważ nie mógł pozwolić umrzeć kobiecie, którą kochał. Musiał dokonać wyboru;

albo ona będzie żyła, a on umrze jako mężczyzna, albo on będzie żył jako mężczyzna, ale na zawsze pozostanie w żałobie po stracie ukochanej kobiety.

— W takim razie muszę zabrać Amarę z powrotem przez magiczne drzwi w wierzbie na drugą stronę lasu, gdzie znów będę drzewem, a ona będzie mogła żyć. Tak, muszę to zrobić teraz. Nie ma czasu do stracenia. Nie mogę pozwolić jej umrzeć — powiedział i przyklęknął na jedno kolano, aby objąć słabiutkie ciało swojej ukochanej kobiety, unosząc ją w ramionach.

Głowa Amary wisiała teraz bezwiednie bez życia, gdy niósł ją na wzgórze i w kierunku drzwi. Nie obchodziło go nawet ani nie zauważył, czy Robin idzie za nim. Wiedział tylko, że musi pozwolić jej żyć. Na tym polegała miłość. Kochać to pozwolić żyć. Miłość nie miała innego wyboru. Po prostu nie mogło być innego wyboru prawdziwej miłości. Następnie wszedł do magicznych drzwi emanujących ciepłym promieniującym światłem, wiedząc, że nie ma już odwrotu, że musiał wrócić do bycia dębem na zawsze, ponieważ ją kochał.

Musiał to zrobić.

Dla niej.

Dla niego.

Dla nich.

Wiedział też, że bez względu na wszystko musi teraz znaleźć Matkę Lasu i skończyć ten koszmar.

Rozdział 19

KOCHAĆ TO POZWOLIĆ ŻYĆ

Kiedy Rupert otworzył oczy, zobaczył Amarę stojącą obok niego i uśmiechającą się czule.

Nic jej nie było. Była zdrowa. Żyła. Znów znaleźli się w Zaczarowanym Królestwie Jeleni, gdzie on ponownie był... dębem.

— Jak się masz? — zapytał z troską w głosie.

— Czuję, że miałam najdziwniejszy sen, że jesteś mężczyzną, jesteśmy na łódce i się... odpowiedziała powoli i zaczęła się rumienić.

— Brzmi to, jak spełnienie marzeń i szkoda, że nie było prawdą — odpowiedział, wiedząc, że pewnie musiała wymazać to z pamięci, ale nie mógł jej powiedzieć prawdy o tym, co się stało.

Po prostu nie mógł. Jego słowa utkwiły mu w gardle. Zdawał sobie sprawę, że nie mogła się dowiedzieć o tym, że jest driadą i że umrze, jeśli on będzie mężczyzną. Wiedział, że nie pozwoliłaby mu poświęcić dla niej życia.

— Kiedy patrzysz na ciemne chmury przesuwające się po niebie i przeplatane zaledwie kilkoma promieniami ciemnożółtego i pomarańczowego światła zza horyzontu o zachodzie słońca musisz wiedzieć, że nie jesteś sama. Musisz także wiedzieć, że nie jesteś tym, który to wszystko stworzył i wiedzieć, że nie ty to kontrolujesz. Musisz wiedzieć, że istnieje potężniejsza siła niż ty. Nie możesz zatrzymać deszczu, nie możesz rozpocząć wschodu słońca. Tylko tajemna moc Wszechświata może, ale jaka? Jak to możliwe? Z taką precyzją, z taką przewidywalnością? Po każdej nocy przychodzi kolejny dzień. Jak to się dzieje, że nigdy nie zawodzi i nigdy się nie spóźnia? Kto stoi za tym wspaniałym widowiskiem stworzonym specjalnie dla nas, prostych ludzi i drzew, aby do końca życia go doświadczać, widzieć i doceniać, ale czy my właściwie doceniamy to piękno, które nas otacza? Czy może decydujemy się to ignorować? Teraz, gdy jestem drzewem, pocieszająca jest dla mnie świadomość, że istnieje potężna siła Wszechświata, ponieważ oznacza to, że ta moc może mnie słuchać. Może wsłuchiwać się w moje myśli, pragnienia, a może nawet na nie zareaguje. Nie jak dżin w butelce, ale bardziej jak kochająca i troskliwa siła, która jest tutaj, aby pomóc i wesprzeć mnie i ciebie w tej fizycznej podróży duszy. Pociesza mnie świadomość, że jestem czymś więcej niż tylko tym fizycznym ciałem, obecnie w drzewie, a zazwyczaj księciem. Uważam to za inspirujące i nigdy nie zamieniłbym tego na żadne inne doświadczenie, aby dowiedzieć się i odkryć kim naprawdę jestem. Duszą, energią połączona ze wszystkim i wszystkimi na świecie, kreatywnym umysłem, który może pragnąć, mieć nadzieję, marzyć i doświadczać miłości, choć jest tak wiele do nauczenia się i doświadczenia, tak wiele jest potrzebne do mojego rozwoju. Czuję się tak, jakbym żył wcześniej w innym świecie, w różnych czasach, z innymi lekcjami. Teraz wreszcie czuję, że jestem w tej podróży już od dłuższego czasu, chętny do poznania tego, kim jestem znacznie dłużej, niż wskazuje na to mój obecny wiek. Czuję, że odbyłem podróż duszy do zbawienia i miałem nauczyć się ostatniej lekcji. Czym naprawdę jest MIŁOŚĆ. To nie są piękne oczy dziewczyny, to nie są gładkie włosy panny, to nie jest zalotny uśmiech Księżniczki Królestwa Wschodu. To o wiele więcej. To poczucie głębi duszy osoby stojącej przede mną, odartej z tytułów, statusu materialnego, piękna fizycznego, chociaż w twoim przypadku piękna tu nie brakuje. Prawdziwa miłość to patrzenie, lecz nie oczami. Prawdziwa miłość to przejrzenie duszy, od samego rdzenia mojej istoty, do mojego wszystkiego, czym jestem. Kiedy jestem w Twojej obecności, czuję wszystko, kim jesteś, kim byłaś i kim możesz być. Czuję cię, najpiękniejszą duszę, jaką kiedykolwiek spotkałem. Najdoskonalszą duszę dla mnie. Mam tylko nadzieję, mam nadzieję, że ty też czujesz to samo do mnie, abyś widziała mnie oczami swojej duszy. Nie mam ciała. Nie mam ogiera, na którym mógłbym jeździć. Nie mam zamku, w którym mógłbym mieszkać. Nie mam nic. Jestem taki jak ty. Dusza starająca się połączyć z inną duszą.

Twoją.

I wybieram cię, bo cię kocham.

Ponieważ jesteś jedyną, którą kocham.

Ponieważ TY jesteś dla mnie miłością.

Kiedy myślę o miłości, myślę o... TOBIE.

Ty i ja jesteśmy dwoma płomieniami płonącymi tak wielkim pragnieniem dzielenia się naszą miłością, że przez wieki moglibyśmy rozświetlać wszystkie gwiazdy ciemnego nieba.

Razem możemy eksplodować tak wielką miłością, że świat zmieni się z dnia na dzień.

Razem możemy zmienić świat, ale najpierw zmieniając to, kim jesteśmy.

Razem to nasza siła.

Razem to nasza misja.

Możemy kochać, marzyć, mieć nadzieję i istnieć jako jednostki,

Ale dlaczego mielibyśmy?

Kiedy razem możemy oświetlić świat wieczną miłością.

Razem jest naszym przeznaczeniem.

Tylko razem.

Rupert zakończył swój monolog o tym, czym naprawdę jest dla niego prawdziwa miłość, opisując ją słowami, mimo że słowa nie są najdoskonalszym sposobem na opisanie czegoś, co już jest doskonałe. Patrząc teraz na Amarę, nagle poczuł się zakłopotany swoim emocjonalnym wyznaniem, ale ona tylko spojrzała na niego i powiedziała z uśmiechem;

— Widzę cię w ten sam sposób, w jaki ty widzisz mnie. Widzę twoją duszę. Czuję twoje serce i czuję twoją miłość. Uwielbiam to, że zawsze dbasz o moje bezpieczeństwo. Uwielbiam to, że zawsze dbasz o moje samopoczucie. Uwielbiam to, że zawsze dbasz o moje szczęście. Jesteś najbardziej kochającym i troskliwym mężczyzną, jakiego kiedykolwiek spotkałam. Jesteś mężczyzną, a właściwie dębem, którego szukałam przez całe życie, ale musisz zaakceptować to, kim jesteś i pokochać to, kim jesteś, zanim to się uda. Nie możesz mnie odrzucać za każdym razem, gdy czujesz się niepewnie lub nieszczęśliwy we własnej skórze, lub korze. Jesteś tym, kim jesteś i musisz to zaakceptować teraz, albo to nigdy nie zadziała. Nie mogę kochać, ale jednocześnie czuć się odrzucona przez ciebie. To nie jest bezpieczeństwo, to nie jest błogość. Ciągle się martwię, że pewnego dnia po prostu powiesz mi, żebym poszła do diabła, bo masz zły dzień w byciu drzewem. Musisz to przezwyciężyć i wtedy będzie dobrze, zaufaj mi. Matka Lasu ci nie pomoże. Nikt ci w tej sprawie nie pomoże. Czuję, że zostaniesz takim, jakim jesteś, pięknym drzewem, na zawsze, ale czy zaakceptujesz to i będziesz szczęśliwy, mieszkając ze mną w lesie? Czy możesz to zrobić Rupercie?

— Nieee! Mylisz się, znajdę Matkę Lasu, a ona odczaruje mnie i zamieni mnie z powrotem w człowieka, abyśmy mogli być szczęśliwi. Obiecuję, że to jedyny sposób, w jaki my możemy być razem szczęśliwi, tylko w ten sposób mogę sprawić, że będziesz naprawdę szczęśliwa, bez kompromisów, bez wyrzeczeń, ale nie chcę, żebyś poświęciła dla mnie całe swoje życie. Zasługujesz na to, by być z najbardziej kochającym i troskliwym mężczyzną na świecie. Mną oczywiście, ale w ciele człowieka. Nie tak jak teraz. To nie jest dobre... Przepraszam Amaro, ale może zasługujesz na kogoś lepszego. Nigdy nie zaakceptuję tego, kim jestem teraz. Nigdy nie będę tym, kim chcesz, żebym był. Chcę być znowu sobą. Tylko wtedy będę dla ciebie JEDYNYM. Tylko wtedy mogę dać ci miłość, na którą zasługujesz, ale ponieważ wiemy, że to może się nigdy nie wydarzyć, myślę, że najlepiej będzie, jeśli znajdziesz PRAWDZIWEGO mężczyznę. Nie cholernego dęba. Myślę, że nadszedł czas, abym cię opuścił... na zawsze. Myślę, że między nami to koniec. Ty to wiesz i ja to wiem. To nigdy się nie uda. To się nigdy nie stanie. Zasługujesz na ciepły, bezpieczny dom i zasługujesz na to, by być kochaną tak, jak można kochać kobietę, z namiętnością i ekstazą, a jedyne, co ja mogę zrobić, to podrapać twoją miękką skórę gałęziami, kiedy cię przytulę. Czuję się zdruzgotany, że nie mogę być dla ciebie mężczyzną. Muszę ci pozwolić odejść, ale zaufaj mi, kiedy przysięgam, że wrócę. Będę tym, kim w rzeczywistości jestem, i wrócę po ciebie. Naprawię zło. Znajdę sposób. Dla mnie. Dla nas. Musi być inny sposób, ale na razie żegnaj kochanie.

— Nieee! Proszę, nie zostawiaj mnie! Matka Lasu nie istnieje, to tylko twoja fantazja. Nigdy jej nie widziałam, nie pomoże ci, nie uratuje cię. Jeśli odejdziesz i zostawisz mnie teraz, pójdę swoją drogą, ale nigdy ci nie wybaczę, że zostawiłeś mnie w takim stanie.

To okrutne i egoistyczne. Robisz to dla własnej przyjemności i ego, a nie dla mnie. Przestań mówić, że to dla mnie i dla mojego dobra. To nie ma ze mną nic wspólnego. Mówiłam ci, że kocham i akceptuję to, kim jesteś teraz, ale nigdy nie słuchasz, wiesz lepiej, więc odejdź, ale NIGDY nie wracaj do mnie, ponieważ nie będę miała dla ciebie litości. Nie wybaczę i nie zapomnę. Znów cię nie pokocham. Miłość nie jest grą. Miłość jest TERAZ, ale w tej chwili istnieje tylko smutek i rozczarowanie. Widzę, że to nigdy nie będzie dla ciebie wystarczająco dobre, nigdy nie będę dla ciebie wystarczająco idealna, prawda? Myślisz, że musisz ZMIENIĆ SIĘ DLA MNIE, ABY CIĘ POKOCHAĆ.

Cóż, mylisz się.

I myląc się, pozostaniesz taki na zawsze.

Rozdział 20

DRZEWNI MISTRZOWIE

Znalezienie Matki Lasu nie było tak trudne, jak myślałem.

Właściwie jej nie znalazłem. Wpatrując się w szczyty wzgórz, zauważyłem postać kobiety ubranej w długą zieloną suknię, mieniącą się jak złoto o wschodzie słońca. Zamrugałem oczami, żeby się upewnić, czy ją widzę naprawdę, jasnowłosą piękność, stojącą na wzgórzu. Wiedziałem, że to ONA. Wiedziałem, że była kobietą, która mi to zrobiła. Po prostu wiedziałem, że jest tą Matką Lasu, z którą muszę porozmawiać. Nagle padło na nią oślepiające światło. Wszystko, co potem widziałem, to tylko strumień światła bijący od niej, jakby słońce właśnie zstąpiło na ziemię. Nie miałem pojęcia, co to wszystko znaczyło, ale miałem wrażenie, że ma specjalne moce. Jej widok napełnił mnie przytłaczającym i pięknym uczuciem, ale jednocześnie strachem.

— Robin, muszę porozmawiać z tą kobietą! Spójrz, to Matka Lasu! Muszę z nią porozmawiać. Idziesz ze mną? Muszę się do niej dostać jak najszybciej — powiedziałem, gdy tylko mój przyjaciel wylądował na jednym z moich korzeni wystających z ziemi.

— Oj, nie sądzę, żeby to był dobry pomysł — mruknął tajemniczo, wypinając swój rudy brzuch do przodu.

— Dlaczego? To ona mi to zrobiła. Muszę ją znaleźć i powiedzieć, żeby zdjęła zaklęcie ze mnie i z Amary. Jestem pewny, że to ona nam to zrobiła. Ona musi mieszkać za tymi wzgórzami, rozumiesz!? — odpowiedziałem, wskazując gałęzią na szczyty wzgórz lśniące w zachodzącym słońcu.

— Przykro mi to mówić, ale wątpię, abyś kiedykolwiek tam dotarł. Wzgórza stanowią granicę pomiędzy Zaczarowanym Królestwem Jeleni, a Królestwem Trepolis, gdzie mieszkają tak zwani Drzewni Mistrzowie. Ich szyje wyglądają jak pnie drzew, a długie włosy pokryte są setkami małych listków, jakby wyrastającymi na cienkich gałęziach. Są zaciekli, używają drzew jako swojej armii wojowników i nie pozwalają nikomu przejść przez ich ziemię tylko dlatego, że tego chcą, tak jak ty teraz. Odkąd wypędzili ludzi dwa tysiące lat temu, zbudowali wokół swojego królestwa wysoki mur z ciernistych krzewów, aby je chronić. Żadne osoby z zewnątrz nie są mile widziane. Nikt tak naprawdę nie wie, co spowodowało tak gwałtowną ochronę, ale jedno jest pewne. Nienawidzą ludzi i nienawidzą każdego, kto nie jest częścią ich plemienia. Kilka zagubionych dusz, które odważyły się wejść na ich ziemie, zostało schwytanych, poćwiartowanych na kawałki, a ich szczątki wystawiono na widok innych na szczycie tego wzgórza. Może ona i jest Matką Lasu, ale mówią, że jest strażniczką całej ziemi, dobrej i złej oraz jest niepokonana. Pozwala każdemu prowadzić życie według własnych zasad. Tak jak w tym lesie, nie możesz zabić jelenia, bo zostaniesz ukarany.

— Ok, ok, rozumiem. Fajna ta historia, ale widzę, że jesteś po prostu tchórzliwym kurczakiem.

— Nie jestem kurczakiem, przepraszam bardzo, jestem rudzikiem!

— Ale… w twojej historii jest jedna dobra rzecz — powiedział Rupert, uśmiechając się swoją hubą od lewej do prawej gałęzi.

— A co takiego? — spytał Robin z ciekawością w głosie.

— Ja nie jestem człowiekiem! — odpowiedział Rupert, chichocząc szalonym śmiechem, ponieważ tym razem jego istnienie w drzewie miało się wreszcie przydać — ale rozumiem mój przyjacielu, boisz się ze mną iść. Nie ma problemu, muszę się do niej dostać bez względu na wszystko, nawet jeśli oznacza to narażenie życia jako drzewa lub człowieka. Ten koszmar musi się skończyć. Nie jestem też pewien, czy pamiętasz, ale też nie jesteś człowiekiem, więc idziesz ze mną, czy nie Robinie Drewniaku, jak nazywają cię wszystkie wiewiórki? — zapytał Rupert, znów chichocząc jak szaleniec lub po prostu szalony dąb.

— Ja..., ja... — odpowiedział Robin, ale zanim zdążył skończyć, Rupert wyrwał swoje korzenie z ziemi i zaczął od niego odchodzić — Och, kuwak, dobra pójdę z tobą. Drzewo czy nie, nie przeżyjesz beze mnie! Będę cię kuwak bronił, nie martw się mój przyjacielu. Najlepsi przyjaciele na zawsze, pamiętasz? — krzyknął, lecąc obok Ruperta — moja pani i tak mnie zabije, więc nie wiem, co jest lepsze. Umrzeć w złym lesie, czy od patelni mojej żony za to, że nie powiedziałem jej, gdzie byłem tak długo — dodał, ale szybko odrzucił tę niepokojącą myśl i wskoczył na najwyższą gałąź Ruperta jak kapitan statku, nawigując w najciemniejsze z najciemniejszych miejsc na ziemi — A tak przy okazji, dlaczego wiewiórki nazywają mnie kuwak Robinem Drewniakiem? — zapytał.

— Oj, mój drogi, myślę, że cały las wie dlaczego, a zwłaszcza twoja żona — odparł Rupert, mrugając, przez co Robin na długo się zarumienił.

Wejście do Królestwa Trepolis rządzonego przez Drzewnych Mistrzów było dość oczywiste i nie wymagało żadnych specjalnych znaków, gdyż znaki już tam były. Las zamienił się w ponurą i mglistą ciemność wypełnioną gęstą mgłą. Ptaki przestały śpiewać.

Było tak cicho, że słyszeli tylko szelest liści Ruperta.

— Robin, wszystko w porządku? — zapytał w końcu Rupert, próbując przerwać niezręczną ciszę.

— Tak... na razie, nie wiem tylko na jak długo — wymamrotał, a gdy tylko to powiedział, znikąd pojawił się gigantyczny pająk wpatrujący się w nich swoimi czerwonymi, błyszczącymi oczami, które były wielkości dwóch bochenków chleba.

— Ach, no to jazda, mamy towarzystwo — powiedział Rupert i w tym samym momencie pająk podskoczył mu do twarzy, sprawiając, że ten ledwo mógł oddychać.

— Oj, kuwak, zabierz go! — usłyszał krzyk Robina nad głową, ale nikczemny stwór po prostu zacisnął wszystkie nogi wokół niego.

Rupert wziął największy możliwy wdech i wydmuchał powietrze przez swoją hubę, jakby tornado otworzyło swoje złe oko, a pająk uderzył w przeciwległe drzewo i padł bez życia na ziemię.

— O tak! Ty go kuwak zabiłeś, Rupercie! Jesteś taki dzielny! Wiedziałem, że mogę ci zaufać! — wykrzyknął Robin, krążąc wokół gałęzi Ruperta jak oszalały ptak.

— Powiedziałeś, że nie dam sobie rady w tym lesie i nie brzmiało to tak, jakbyś mi ufał kilka godzin temu — powiedział z zadowoleniem Rupert.

— Wiesz, o co mi chodziło, tylko się droczyłem. Oczywiście wiedziałem, że poradzisz sobie w tym lesie, po prostu nie byłem pewien co do Drzewnyyyyy... — Robin zamilkł i wskazał na pięć wysokich postaci z długimi włóczniami, którzy wyłonili się z ciemności.

— Och witajcie Drzewni Mistrzowie, miło was poznać, tyle o was słyszałem, niekoniecznie dobre rzeczy, ale liczy się pierwsze wrażenie i jak na razie wyglądacie dobrze, jak przyjazna rodzinka!

— Rupert odpowiedział z uśmiechem, próbując zrelaksować atmosferę, ale tak naprawdę czuł, że mógłby zmoczyć spodnie ze strachu, no, gdyby tylko je miał.

Nie był pewien, czy podobało im się jego poczucie humoru, ponieważ oni tylko tam stali jak wryci, wpatrując się w niego i Robina wielkimi oczami.

— Wszedłeś do Królestwa Trepolis, dlaczego tu jesteś? — zapytał najwyższy z nich. Był tak wysoki, że normalny człowiek zmieściłby się w nim dwukrotnie.

— Jesteśmy w drodze, aby znaleźć Matkę Lasu i musimy jedynie przejść przez waszą ziemię. Mam nadzieję, że to wam nie przeszkadza? Nie mamy zamiaru sprawiać żadnych kłopotów i wyjdziemy stąd tak szybko, jak to możliwe, zwłaszcza jeśli wskażesz nam najkrótszą drogę? — odparł Rupert z pewnością siebie, starając się ukryć drżące od strachu gałęzie.

— Wszedłeś tutaj bez pytania o pozwolenie. Jesteś na ziemi, która nie należy do ciebie — odpowiedział wysoki mężczyzna.

— Cóż, szczerze mówiąc, to skąd mam wiedzieć, że to wasza ziemia? To nie tak, że mieliśmy odprawę graniczną, czy coś — odpowiedział Rupert.

— Jest znak. Nie widziałeś go? — odparł mężczyzna z lekką irytacją.

— Jaki znak? Masz na myśli tę małą tabliczkę na drzewie? — Rupert wskazał na mały znak, który mówił coś w rodzaju szapolakulukuku, czyli w języku, którego nie rozumiał.

— Skąd mogłem wiedzieć, że to wasza granica, skoro jest napisana jakimś dziwnym bełkotem? Gdybyś napisał to po polsku... to byłaby inna historia.

— Ok, panie Drzewie Żartownisiu, więc czego dokładnie tutaj szukasz?

— Musimy tylko spokojnie przejść przez wasze terytorium, żebym mógł porozmawiać z Matką Lasu, która rzuciła na mnie czar, a właściwie także na kobietę, którą kocham. Czy wiesz, co mam na myśli przez... miłość?

— Ahh, rozumiem, to jeśli tu chodzi o miłość, pomożemy ci. Niewiele w tym życiu jest ważniejsze niż miłość. Odprowadzimy cię na drugą stronę naszego królestwa, chociaż myślę, że nie powinieneś rozmawiać z Matką Lasu. Nie jest zbyt przyjazna w stosunku do dębowych gości. Słyszałem, że zdecydowanie woli przystojne sosny, jeśli wiesz, co mam na myśli, no ale może jej sentymenty się zmieniły — odpowiedział z bezczelnym uśmiechem.

— Um, racja, ale nie jestem tu po nic romantycznego, więc przestań sobie żartować. Teraz nie mam dużo więcej czasu do stracenia na pogawędki, chodźmy — odpowiedział stanowczo Rupert — Hej, Robin — szepnął chwilę później.

— Taaaaaak? — odpowiedział mu ten radośnie, wiedząc, że teraz nie mają się czym martwić, skoro Drzewni Mistrzowie okazali się bardzo przyjaźni.

— Czy widzisz tego lwa? Albo tego niedźwiedzia? — zapytał cicho Rupert.

— Gdzie? Jaki lew? Jaki niedźwiedź? Przestań bawić się ze mną w głupie gry Rupi, to nie jest właściwy czas, aby mnie znowu straszyć.

— Spójrz, te formacje z mchu i bluszczu mają kształt lwa, a tam niedźwiedzia i widzę nawet borsuka — odszepnął Rupert.

— Och, no cóż, może zamienili ich w mech i bluszcz za to, że weszli na ich ziemię bez pozwolenia?

— Co? Mówisz poważnie? — spytał Rupert coraz bardziej zmartwiony, poruszając się powoli swoimi korzeniami, rozglądając się dookoła i próbując zrozumieć, o co w tym wszystkim chodzi.

— Myślę, że są bardzo mili, tylko kiedy się zdenerwują, zamieniają w to zwierzęta, na szczęście ty jesteś drzewem i oni cię w to nie zamienią, bo przecież, w co mogliby cię zamienić, skoro jesteś już pełny mchu i bluszczu — odparł Robin, wybuchając śmiechem.

— Och, to nie jest zabawne, wiesz, przecież wiesz, że to brudna robota chodzenie po cholernym lesie jako drzewo — odpowiedział Rupert tym razem głośniej, wyraźnie poruszony uwagami Robina.

— Wiem przyjacielu, wiem, nie martw się, myślę, że nam nic nie zrobią — odpowiedział Robin, rozejrzał się jeszcze raz, wpatrując się w formacje, które były wryte jak kamień i nagły chłód przeszedł mu po piórach — zastanawiam się tylko, co oni takiego zrobili, że tak kuwak skończyli... — dodał.

Następnie wszyscy zniknęli w głębinach ciemnego lasu, mając nadzieję na świetlaną przyszłość.

Rozdział 21

MATKA LASU

Ta okropna wiedźma, która zmieniła mnie w drzewo, nie mogła być piękniejsza.

Była cudna.

Ok, może nie tak piękna jak Amara, moja prawdziwa miłość, ale była oszałamiająca. Kiedy wszedłem do porośniętej mchem drewnianej fortecy strzeżonej przez gigantyczne srebrne wilki z wielkimi czerwonymi błyszczącymi oczami i łapami tak dużymi jak moje największe korzenie, byłem zachwycony otaczającym mnie pięknem.

— „Jeśli jest cudowną kobietą żyjącą w tak pięknym miejscu, dlaczego płata mi figle i bawi się moim życiem?" — pomyślałem.

Jej długie blond włosy lśniły w świetle świec. Miała sylwetkę idealnej Bogini. Ubrana w ciemnozieloną suknię z długimi rękawami obsypaną liśćmi i z głębokim dekoltem, zeszła ze szczytu szerokich schodów, kiedy wkorzeniłem się powoli do ogromnej sali z żyrandolami ze świetlików w kształcie wazonów z kwiatami. Na jej prawym ramieniu siedział nieruchomo kruk, który wpatrywał się we mnie swoimi czarnymi, przeszywającymi oczami. Jego dziób był długi i krzywy. Takiego ptaka, nie chciałbym rozzłościć lub mieć jako wroga.

— No proszę — zaczęła przyjemnym, ale stanowczym głosem — w końcu mnie znalazłeś — ciągnęła dalej i przeszyła moją grubą korę swoimi świecącymi dużymi zielonymi oczami. Nie byłem pewny, czy były przerażające, czy po prostu piękne.

— Tak, w końcu cię znalazłem — odpowiedziałem z przekonaniem i poczuciem, że udało mi się zrealizować tę misję niemożliwą, przed którą Robin i inni próbowali mnie przestrzec — Znalazłem cię wreszcie i widzę, że nie jesteś nawet zaskoczona. Wiesz, kim jestem? — kontynuowałem.

— Oczywiście, że znam cię, mój najdroższy Rupercie — obserwowałam cię, odkąd byłeś małym chłopcem, kiedy odwiedzałeś ten las ze swoim ojcem, królem. Troszczyłam się o ciebie i czuwałam nad tobą za każdym razem, gdy zbliżała się burza i groziło ci, że nie zdążysz z powrotem do zamku na czas, powstrzymałam uderzające pioruny oraz dzikie zwierzęta żeby nie pożarły cię żywcem. Oczywiście nic z tego nie pamiętasz i prawdopodobnie nawet tego nie doceniasz teraz, gdy już to wiesz. Zrobiłam dla ciebie więcej, niż możesz sobie wyobrazić — odpowiedziała łagodnym, uwodzicielskim głosem, który przyprawił mnie o dreszcze.

— Och, jeśli tak jest... jeśli tak jest, dlaczego więc z taką nienawiścią przemieniłaś mnie w to... to...? — warknąłem na nią, nie mogąc już dłużej powstrzymać gniewu i frustracji.

— Mój najdroższy — zaczęła odpowiadać, ale przerwałem jej.

— Proszę, przestań z tą niepotrzebną udawaną grzecznością. Najwyraźniej mnie nienawidzisz, dlatego mnie w to zamieniłaś. Musiałaś mnie nienawidzić, że zrobiłaś tak okrutną rzecz, więc wszystko, o co teraz cię proszę, to usunięcie tego zaklęcia i skończmy z tym koszmarem! — wykrzyknąłem nie mogąc dłużej powstrzymać złości.

— Myślisz, że zrobiłam to, bo cię nienawidzę? Och, no cóż, muszę ci powiedzieć, że się mylisz — odpowiedziała, zbliżając się niebezpiecznie blisko, dotykając lewą ręką mojej kory, co wywołało u mnie nieoczekiwane dreszcze — Mój najdroższy Rupercie, zrobiłam to z miłości — kontynuowała.

— Miłości? Nie bądź śmieszna. Co ma z tym wspólnego miłość? — przerwałem, ale ona zbliżała się coraz bardziej i gdy objęła mnie ramionami, poczułem bicie jej serca.

Nie wiedziałem, co się ze mną dzieje, bo to było najbardziej elektryzujące doświadczenie w moim życiu. Nie mogłem się ruszyć, ledwo mogłem oddychać, a moje soki szybko napływały do wszystkich drewnianych części, jakbym miał eksplodować.

— Co mi robisz? — wymamrotałem nie chcąc być dłużej w tej sytuacji, ale ona ściskała mnie coraz mocniej i mocniej, przez co moje myślenie było zamglone. Miałem takie zawroty głowy, że martwiłem się, że zaraz zemdleję i przewrócę, co byłoby krępujące przed tak atrakcyjną kobietą.

— Kocham cię, Rupercie — wyszeptała przyprawiając mnie o nagły zawrót głowy i cały świat wokół mnie też zawirował.

— „Co miała na myśli, mówiąc, że mnie kochała? Naprawdę mnie kochała?" — pomyślałem ku mojemu zdziwieniu.

— Kocham cię i chcę być z tobą szczęśliwa do końca życia, przez setki lat i dłużej. Pragnę cię. Twojej miłości, twojego serca i twojej duszy i wiem, że też tego chcesz, ponieważ zawsze chciałeś znaleźć prawdziwą miłość. Wiedziałam, że tylko ja mogę ci ją dać. Potrzebowałam tylko, żebyś mnie w końcu znalazł. To był jedyny sposób. Proszę wybacz mi. To był jedyny sposób, aby zatrzymać cię w tym lesie i sprawić, żebyś przyszedł i mnie znalazł. Inaczej byś tego nie zrobił. Musiałam dać ci znać o moim istnieniu. Musiałam to zrobić, ale teraz znasz prawdę, wiem, że mi wybaczysz, prawda Rupercie? — powtórzyła jedwabiście gładkim głosem, patrząc mi w oczy z iskierkami w swoich i delikatnym uśmiechem na soczystych czerwonych ustach.

Nie mogłem uwierzyć w to, co słyszę i widzę. Nie mogłem uwierzyć, że o to właśnie chodziło.

— Więc zrobiłaś mi to, bo mnie kochasz? Ten okropny akt odebrania mojego ludzkiego ciała i egzystencji, żebym mógł cię znaleźć? Muszę powiedzieć, że nie spodziewałem się tego usłyszeć. Nie to chciałem usłyszeć i nie po to tu jestem — odpowiedziałem stanowczo, odzyskawszy kontrolę nad rozmytymi myślami.

— Rozumiem Rupercie, że to dla ciebie szok, ale taka jest prawda. Spójrz na mnie. Mam to królestwo. Rządzę wszystkimi królestwami. Jestem Królową Lasu. Cała natura należy do mnie. Przez całe życie brakowało mi tylko jednej rzeczy. CIEBIE, ale teraz, kiedy w końcu tu jesteś, mogę ci to powiedzieć; możemy być wreszcie szczęśliwi. Razem, na zawsze — dodała, rozluźniając uścisk, odsuwając się, więc mogłem wreszcie swobodnie oddychać.

— Nie! — odpowiedziałem.

— Co to znaczy, nie?

— Nie, nie zostanę tu z tobą na zawsze. Nie kocham cię. Kocham tylko jedną kobietę na Ziemi.

— Och, nie mów mi, że zakochałeś się w tej głupiej Amarze, ona jest tylko odwróceniem uwagi, niepotrzebną przeszkodą i przynętą, która w końcu miała cię do mnie zaprowadzić.

— O nie, nie, nie, to jedyna kobieta, którą kocham i z którą chcę być. Przybyłem tutaj, aby prosić cię o zdjęcie zaklęcia ze mnie i z niej, ponieważ nie możemy być razem, dopóki jestem drzewem, a ona jest driadą, w którą ją przemieniłaś.

— Nigdy nie zamieniłam jej w driadę, ty głupcze, ona zawsze nią była. Od chwili, gdy zamieniłeś się w dąb. Każdy dąb ma swoją nimfę drzewną i niestety na to nie mogłam nic poradzić. Jedyne, co zrobiłam, to dałam jej łyk wody z zaklętego jeziora, co sprawiło, że zapomniała, kim naprawdę jest, i myślała, że jest tylko sierotą żyjącą w lesie, to wszystko, ale nigdy nie miałeś się w niej zakochać, ponieważ ona nie jest twoją prawdziwą miłością. Ja jestem — odpowiedziała i zaczęła powoli oddalać się ode mnie, krok po kroku do tyłu, nie spuszczając ze mnie wzroku.

— Moja oferta dla ciebie jest prosta. Powrócisz do bycia swoim ludzkim ja, jeśli zostaniesz ze mną, aby kochać mnie na zawsze. Obiecuję też, że zamienię Amarę w człowieka, aby mogła znaleźć miłość z kimś innym. Więc co na to powiesz?

— Powiem... bardzo dziękuję, ale nie przyjmę twojej oferty. Kocham Amarę — odpowiedziałem.

Matka Lasu ciągle się uśmiechała, a jej ruchy sprawiały, że czułem się niepewny, co nastąpi. Jej sylwetka miała idealny kształt, postawa wydawała się majestatyczna, ale jednocześnie napięta. Kiedy w końcu zatrzymała się przy długim drewnianym stole z kandelabrami w rogu komnaty, usiadła na pięknie rzeźbionym wysokim krześle. Światło z wielkiego kominka sprawiało, że jej skóra błyszczała, oświetlając jej szyję, policzki, piersi. Potem zaczęła powoli rozpinać sukienkę tuż pod pępkiem, nieubłaganie patrząc mi w oczy, sprawiając, że moje soki spływały jeszcze szybciej do każdej gałęzi. Następnie wstała i obiema rękami delikatnie zdjęła rękawy z ramion, odsłaniając powoli swoje idealne nagie ciało tuż przede mną. Usiadła na krześle i skrzyżowała nogi na stole, nadal się na mnie wpatrując.

— To... to jest twoje Rupercie — odezwała się w końcu z delikatnym uśmiechem — to może być wszystko twoje, jeśli zechcesz, ale musisz powiedzieć `tak'. To wszystko. Musisz tylko powiedzieć `tak' — kontynuowała najbardziej uwodzicielskim głosem, jaki kiedykolwiek słyszałem.

— Ja... ja... — mruknąłem, chcąc coś powiedzieć, ale nie mogłem, patrząc na najbardziej nieoczekiwaną wizję mojego życia.

— Co się stało, Rupercie, nie chcesz... tego? Czy nie chcesz, żeby to wszystko było twoje?

— Ja... ja... nie, ja nie... — wymamrotałem.

Sięgnęła po drewniany kubek na stole i nalała do niego czerwonego wina z grawerowanego drewnianego słoja. Przyłożyła go do ust, nadal patrząc mi prosto w oczy, wzięła długi łyk, a potem wylała trochę na nagie, lśniące od płomieni w kominku piersi, sprawiając, że spłynęło ono po pępku i prawym udzie, zamieniając ją w najbardziej uwodzicielskie kobiece ciało.

— Ojej, głupia ja, spójrz, rozlałam takie dobre wino. Co z tym zrobimy? — odpowiedziała tym razem z większym uśmiechem, który jednak szybko zniknął po tym jak nie usłyszała ode mnie żadnej odpowiedzi. Wstała wyprostowana, ociekając winem.

— Widzisz Rupercie, gdybyś był mój, mógłbyś mi pomóc z tym bałaganem, który narobiłam. Jako mężczyzna mógłbyś i nadal możesz, ale tylko wtedy, gdy zostaniesz ze mną na zawsze — powiedziała z przekonaniem.

Byłem tak przytłoczony wizją, że nie wiedziałem, co powiedzieć. To znaczy wiedziałem, co chciałem powiedzieć. Chciałem powiedzieć, że to wszystko na nic, ale czułem, że muszę być delikatny, bo znalazłem się w sytuacji, która mogła być bardzo trudna, ale musiałem spróbować. Musiałem walczyć o moją miłość, moją prawdziwą miłość, Amarę i to była moja jedyna szansa.

— Umm, naprawdę doceniam to, co mi teraz mówisz, moja droga Matko Lasu, — zacząłem oficjalnym głosem — ale nie mogę i nie będę z tobą na zawsze, bo... bo cię nie kocham. Kocham

Amarę — odpowiedziałem z ulgą, że w końcu mogłem oznajmić, co naprawdę czułem.

Pstryknęła palcami i odwróciła się. Jej nagie plecy błyszczały przez co wyglądała jak istota nie z tego świata. Jej pośladki były jędrne i zgrabne. Przez chwilę pomyślałem, że gdybym nie kochał Amary, naprawdę mogłaby być dla mnie idealną kobietą. Straszną kobietą, ale także idealną. Sięgnęła po srebrny nóż wbity w drewniany stół. Jego rękojeść błyszczała, ponieważ wydawała się być wyściełana diamentami i rubinami. Spojrzała na mnie, a potem szybko przecięła nim tył dłoni, robiąc szerokie cięcie ociekające krwią i rzuciła go na podłogę.

— Oto właśnie jestem gotowa zrobić, aby pokazać ci, że cię kocham. Umarłabym dla ciebie. Czy w zamian zrobiłbyś to samo dla mnie? — zapytała, nie spuszczając ze mnie wzroku.

— Ja… ja… — zacząłem mamrotać, ale ona znów się odwróciła i podeszła do czegoś, co wyglądało się być dużą wanną w posadzce.

Powoli weszła do niej. Świece dookoła nadawały jej skórze cudowny odcień. Wchodziła do niej, aż całkowicie się zanurzyła aż po czubek głowy.

— O nie, gdzie ona jest? Utopiła się? — pomyślałem, ale po chwili zobaczyłem, jak wyłania się z powrotem na przeciwną stronę, jakby się odrodziła.

Jej nagie, mokre ciało jeszcze bardziej błyszczało w blasku świec, sprawiając, że moje serce zabiło szybciej, chociaż wcale tego nie chciałem. Jej długie włosy były teraz idealnie przyklejone do jej mokrych pleców, a kiedy stanęła po drugiej stronie, odwróciła się i spojrzała na mnie pokazując otwarte dłonie. Ogromne rozcięcie na jednej z nich zniknęło, ale jak? Jak ono mogło po prostu zniknąć? Co to za woda? Uzdrawiająca i cofająca czas? Czy to była jakaś magiczna woda? Chciałem zapytać, ale nic nie powiedziałem, myśląc, że może lepiej nie prowadzić z nią dalszych rozmów.

— Myślę, że to woda z jeziora życia, o której mówiła — szepnął mi Robin do mojego ucha, który cały czas był ukryty między moimi gałęziami — słyszałem, że ta woda daje ogromne moce każdemu, kto się w niej zanurzy i mówią, że jeśli jesteś dobrą duszą, ona wzmacnia twoje dobre moce, ale jeśli jesteś złą duszą, wzmacnia twoje złe moce.

— Umm, to wyjaśnia, dlaczego miała taką władzę nade mną i Amarą — odszepnąłem, nie chcąc dać jej do zrozumienia, że rozmawiam z moim ptakiem w krzakach.

Jej dwa służalcze kruki szybko przyniosły jej w dziobach zielony płaszcz i zakryły jej mokre, nagie ciało. Oddalała się ode mnie, cofając się po szerokich stopniach i usiadła na tronie zrobionym z drewna, który przy bliższym spojrzeniu wydawał się być zrobiony z... dębu. Na każdym jego szczycie wyrzeźbione były dwie twarze mężczyzn i wyglądało to tak, jakby tych dwóch mężczyzn rzeczywiście utknęło w dębowym tronie. Zadrżałem od nagłego uświadomienia sobie, że teraz może się to dla mnie źle skończyć.

— Rozumiem, że twoja decyzja jest ostateczna, Rupercie? — zapytała poważnym tonem. Przestała się uśmiechać, a jej twarz pobladła.

— Umm, tak — odpowiedziałem niepewny, czy to nadal właściwe. W końcu odrzucenie jej i jednoczesne proszenie o litość nie było chyba najlepszym pomysłem.

— W takim razie nie mamy sobie nic więcej do powiedzenia. Dałam ci szansę, ale mnie odrzuciłeś. Dałam Ci szansę na wolność, powrót do swojego ludzkiego ja i wiecznej miłości ze mną. Rozumiem, że tak się nie stanie, ponieważ tego nie chcesz. Więc sugeruję, żebyś teraz poszedł. Tutaj już skończyliśmy — odpowiedziała zimnym i bezlitosnym głosem.

— Co masz na myśli mówiąc, że mogę iść? Iść gdzie?

— Wracaj do lasu.

— Masz na myśli takim jakim jestem teraz? Nie pomożesz mi i nie zmienisz mnie z powrotem w człowieka?

— Dokładnie tak, odpowiedziała zaciskając obie dłonie w pięści, jakby ta decyzja nie była dla niej wygodna.

— O nie, nie, nie... nie możesz tego zrobić! Nie rozumiesz — odpowiedziałem gorączkowo.

— Doskonale rozumiem. Po prostu nie jestem dla ciebie wystarczająco dobra Rupercie, prawda? Nie chcesz być ze mną. W takim razie pozostaniesz taki, jakim jesteś na zawsze. Nie martw się, nie zamienię cię w mój tron. Ci dwaj naprawdę na to zasłużyli, ale dla ciebie będę miłosierna i pozwolę ci odejść. Pozostaniesz jednak taki, jakim jesteś na zawsze. Smutnym, żałosnym dębem, który nie potrafi uszczęśliwić Amary — powiedziała bezdusznym głosem, który prawie zmroził moje serce. Gdybym je miał.

— Och, nie, proszę, nie rób tego — błagałem — nie możesz mi tego zrobić. Naprawdę kocham Amarę i chcę być z nią tak długo, jak żyję. Proszę, uwolnij nas obu od zaklęcia.

— O jakim zaklęciu mówisz Rupercie? Na Amarę nie rzuciłam żadnego zaklęcia. Mówiłam ci już, ona jest twoją driadą. Twoją nimfą drzewną. To naturalne, że one rodzą się w każdym dębie w tym lesie. Szkoda, że się w niej zakochałeś. To nigdy nie był mój plan. Nigdy nie miałeś się w niej zakochać! — wykrzyknęła wstając z gniewu i frustracji.

— Więc ona naprawdę jest moją driadą? — zapytałem czując się coraz bardziej przerażony.

— Ty głupcze! Tak, ona jest twoją cholerną driadą i będzie żyła tak długo, jak ty żyjesz, co ja teraz wam umożliwię. Tylko dlatego, że jestem dla ciebie miłosierna. Lubię cię. Kochałam cię, ale teraz cie tylko lubię, więc możesz żyć tak, jak chcesz. Nie zmienię cię jednak z powrotem w człowieka. To będzie twoja kara za odrzucenie mnie! — wykrzyknęła i zaczęła się śmiać, a setki kruków siedzących na belkach komnaty, wzbiły się w powietrze i trzepotały bezlitośnie skrzydłami wokół mnie, zamieniając całą przestrzeń w wir przerażającej ciemności.

Poczułem, że zaraz zemdleję i zamknąłem oczy. Pomyślałem życzenie, aby ten koszmar się wreszcie skończył.

Rozdział 22

TANIEC W BLASKU KSIĘŻYCA

Pokój, a raczej majestatyczna sala zamku z piaskowca na wzgórzu, ustrojona złoceniami, obrazami i lustrami odbijającymi światło setki żyrandoli ze świecami w kształcie gigantycznych kryształowych koron, była idealnym miejscem na bal zaręczynowy księcia Henriego z Królestwa Fardom i Amary.

Spotkali się jakiś czas temu. Kiedy książę Henri jechał przez las i zauważył Amarę, zapytał ją, co zbierała i wkładała do koszyka. Było to spotkanie, które z jego strony przerodziło się w uczucie i kilka dni później oświadczył się jej na kamiennych schodach przed swoim zamkiem.

Powiedziała tak.

— Czy jesteś szczęśliwa moja miła? — zapytał Henri prowadząc ją na środek sali na pierwszy taniec, trzymając ją za rękę ubraną w długą, jedwabną rękawiczkę, idealnie pasującą do jej różowej koronkowej sukienki, która z każdym ruchem mieniła się kolorami tęczy.

— Tak, mój książę, jestem, — odpowiedziała, chociaż jej serce wypełniał wielki smutek i ból po utracie Ruperta. — „To minie, na pewno niedługo zapomnę o tym kapryśnym, niepoważnym i nieokrzesanym mężczyźnie, a raczej o drzewie" — pomyślała, wirując w tańcu, patrząc na radosne twarze tłumu ubranego w kolorowe ubrania i pióra we włosach kobiet, które wyglądały jak ptaki na leśnej imprezie, tylko mniej elegancko.

— Tak mi na tobie zależy Amaro, jesteś najpiękniejszą kobietą, jaką kiedykolwiek widziałem, kocham cię i nie mogę się doczekać, kiedy cię poślubię — powiedział książę Henri, gdy zaczęli pić szampana z kryształowych kieliszków z dwoma uchwytami w kształcie łabędzich szyi.

Z jakiegoś niewytłumaczalnego powodu Amara uznała ten widok łabędzi za bardzo pocieszający i tak naprawdę nie wiedziała, dlaczego nie mogła przestać się na nie patrzeć.

— Wiem, ja też nie mogę się doczekać, kiedy cię poślubię i będę w końcu szczęśliwa — odpowiedziała uśmiechając się nieśmiało patrząc w jego błyszczące oczy, chociaż jej serce krzyczało z bólu.

Henri był bardzo przystojnym, dobrze zbudowanym młodym księciem o blond włosach i niebieskich oczach, wymarzonym mężczyzną dla wielu szlachetnych dam i księżniczek. Był uroczy, nienagannie ubrany i miał doskonałe maniery. Umiał tańczyć i czarować pięknie brzmiącymi słowami. Był idealnym mężczyzną. Amara czuła, że nie mogłaby znaleźć lepszego księcia w całym Wszechświecie, zwłaszcza że sama nie była księżniczką.

— Jestem szczęśliwa — szepnęła mu do ucha próbując przekonać samą siebie, że robi dobrze, ale zaraz potem, w jednym z wysokich luster, zobaczyła Ruperta spoglądającego przez wysokie okno.

Jej serce zamarło. Odwróciła się, ale nikogo tam nie było. — „Myślę, że mam przywidzenia" — pomyślała i kontynuowała kolejny taniec z księciem.

Kiedy orkiestra skończyła grać walca, Henri przeprosił, że opuszcza jej towarzystwo i podszedł do Lady Sitery, która zarumieniła się od lawiny jego komplementów. Amara wyszła na otwarty taras przez wysokie, drewniane drzwi, które były otwarte na ciepłą i wilgotną noc, rozświetlaną jedynie okrągłą twarzą księżyca. Czarne niebo przeplatane było chmurkami poruszającymi się na wschód, jak gdyby spieszyły się na Niebiańskie Spotkanie ze słońcem.

Zeszła z szerokich kamiennych stopni w kierunku fontanny z greckimi posągami. Muzyka z sali stopniowo cichła, a jedyne, co słyszała teraz to świerszcze grające swoją sonatę na dobranoc i szum wody pluskającej w gigantycznej fontannie potężnego Neptuna i jego świty.

— „Rupercie, dlaczego mnie zostawiłeś? Dlaczego?" — pomyślała, siedząc na białej ławce z mosiądzu, wyglądającej, jakby biała koronka była na niej wyhaftowana.

Zamknęła oczy i łzy zaczęły spływać po jej policzkach. — „Jutro biorę ślub z najprzystojniejszym księciem wszystkich królestw, a czuję się smutna. Nie mogę się tak czuć. To nie w porządku. Powinnam być radosna i szczęśliwa — pomyślała, ale kiedy spojrzała na zamek, zobaczyła Henriego tańczącego teraz z Lady Mildred, śmiejącego się i dobrze się bawiącego.

— Przepraszam — usłyszała szept znajomego głosu — nie chciałem cię skrzywdzić, ale przecież wiesz, dlaczego nie mogę być z tobą.

Kiedy się odwróciła, zobaczyła Ruperta, stojącego z korzeniami i liśćmi skierowanymi w stronę ziemi, jakby wysechł od tak długiego czasu, który spędził na chodzeniu nie będąc zakorzenionym i móc pobierać składniki odżywcze, których potrzebował do przeżycia.

— Co... co ty tu robisz? — odszepnęła.

— Przyszedłem powiedzieć, że... umm...

— Że co... co chcesz powiedzieć? Myślę, że powiedziałeś mi wystarczająco dużo, kiedy kazałeś mi odejść od ciebie. Powiedziałeś mi, że mnie nie kochasz i powinnam znaleźć innego mężczyznę — odpowiedziała.

— Tak, to znaczy nie... To znaczy, nie mogę cię kochać Amaro, wiesz o tym! Jestem tylko drzewem. Nie mogę dać ci tego, czego potrzebujesz. Zasługujesz na to, by być szczęśliwym z kimś takim jak Henri. Wydaje się być dobrym człowiekiem.

— Zgadza się, to być może dobry człowiek — mruknęła, ale z niewielkim przekonaniem i przerywanym emocjonalnym głosem.

— Być może? Masz co do tego wątpliwości? — zapytał cicho Rupert.

— Nie, oczywiście, że nie, jestem pewna, że jest i że będzie dobrym mężem. Zaopiekuje się mną i Runo i jestem pewna, że po ślubie będzie spędzał ze mną więcej czasu niż z innymi paniami. Po prostu cieszy się swoją ostatnią nocą przed jutrzejszym ślubem i tańczy ze wszystkimi — wymamrotała.

— Umm, jesteś pewna, że po ślubie będzie inny? Słyszałem, że mężczyźni się nie zmieniają, ale to tylko moje zdanie, nie słuchaj mnie. Jestem tylko drzewem. Co ja tam wiem.

— Cóż, mężczyźni się zmieniają i muszą się zmienić, kiedy się pobierają. To dla nich nowa sytuacja i muszą się dostosować. Sprawię, że będzie tak szczęśliwy, że nawet nie spojrzy na inne panie, ale masz rację, może się oszukuję. Może nie powinnam oczekiwać, że się zmieni, może to wszystko jest wielkim, grubym kłamstwem i nie powinnam go poślubić — odpowiedziała Amara.

— Och, nie mów tak, chcę, żebyś była szczęśliwa, jestem pewien, że on da ci szczęście, na które zasługujesz. Jakie życie miałbyś ze mną?

— Cóż, moglibyśmy żyć długo i szczęśliwie w lesie, ale ty tego nie chcesz. Wpychasz mnie w ramiona innego mężczyzny.

— Dokładnie tak, mężczyzny, który nie jest drzewem i może dać ci małżeństwo i rodzinę, na które zasługujesz — powiedział Rupert i zaczął odchodzić powoli ruszając jednym korzeniem po drugim — ale jest coś, o czym musisz wiedzieć — wyszeptał — kocham cię i zawsze będę. Chcę tylko, żebyś to wiedziała.

— Naprawdę? Kochasz mnie? Jak możesz mówić, że mnie kochasz? Nie chcesz mnie, każesz mi być z innym mężczyzną, a teraz nie wierzę w ani jedno twoje słowo. Kiedy naprawdę kogoś kochasz, nie odpychasz go i nie każesz znaleźć szczęścia z kimś innym — odpowiedziała Amara ze łzami w oczach błyszczącymi w blasku księżyca.

— Bez względu na to, co mówię, moja miłość do ciebie zawsze była, zawsze jest i zawsze będzie. Chmury na niebie przesuną się we wszystkich możliwych kierunkach, wiatr będzie uginał i skręcał moje gałęzie, podrzucał i usuwał wszystkie liście jesienią, zimne płatki śniegu okryją całą moją istotę, noc będzie ciągle zmieniała się w dni, ale moja miłość do ciebie pozostanie niewzruszona. Zawsze będę tu dla Ciebie, bez względu na to, dokąd pójdziesz, nieważne, czy odejdziesz, by podążać swoją ścieżką, nieważne, czy przyjdziesz do mnie jutro, czy za tysiąc lat. Moja miłość do Ciebie zawsze będzie we mnie i będzie trwała przez całą wieczność. Póki żyję jako dąb, tak długo będę cię kochać. Wiem to, ponieważ czuję to każdą cząsteczką mojego ciała i nigdy w życiu nie byłem niczego bardziej pewny. Żaden człowiek tego nie zmieni, żadne wściekłe zwierzę nie ugryzie i nie powstrzyma mnie, żadna burza mnie nie rozerwie i żadne uderzenie pioruna nie powstrzyma mnie. Przestanę dopiero, gdy moje serce przestanie bić w tym drzewie i...

— I...? — szepnęła.

— I... wtedy będzie trwać wiecznie, aż do początku i końca Wszechświata, kiedy w końcu się spotkamy, dopóki w końcu nie zrozumiesz, że naszym przeznaczeniem jest być razem i znaleźć się nawzajem jako bliźniacze płomienie, raz oddzielone z jednej duszy na dwie części, a wciąż szukające siebie nawzajem. Mamy być wreszcie razem, gdy nauczymy się wszystkiego, czego potrzebujemy, aby wzrastać oddzielnie jako dusze, a następnie ponownie zjednoczyć się w wiecznej miłości, większej niż możesz sobie wyobrazić, silniejszej niż jakiekolwiek siły natury. Będziemy razem, tylko od ciebie zależy, czy zdasz sobie z tego sprawę i zdecydujesz oraz kiedy. Ja już to wiem, ale dopóki nie będziesz gotowa kochać mnie tak bardzo, jak ja ciebie, będę czekać, przy naszej ławce rzecznej i nie ruszę się. Będę tu dla ciebie. Tak długo jak oddycham, jak długo żyję. Na zawsze i na wieczność, ponieważ dla mnie żaden kwiat nie może się równać z twoim pięknem, żadna gwiazda na niebie nie może się równać z pięknem twojej duszy — powiedział Rupert.

— Czy miłością jest to, kiedy mówisz, że zostawiasz ukochaną osobę dla jej własnego dobra, czy może miłość jest wtedy, gdy zostajesz bez względu na okoliczności? Może kiedy podejmujesz decyzję o miłości, nie ma kompromisów i nie ma odwrotu. Nie ma możliwości wycofania się i odejścia jakby nic się nie stało? Może kiedy kochasz, kochasz na zawsze, a wszystko inne to tylko jedno wielkie kłamstwo? W końcu miłość to uczucie radości, współczucia i szczęścia okazywane ukochanej osobie, a nie jej brak. Jak brak miłości może oznaczać miłość? Po prostu tego nie rozumiem — powiedziała Amara po wysłuchaniu wyznania Ruperta i usiadła na kamieniu, czując, że drżą jej kolana.

Potrzebowała chwili lub dwóch, żeby pomyśleć o tym, co właśnie powiedział. Wierzyła mu i czuła jego miłość, dlaczego więc była tak oporna na powiedzenie mu, że też go kocha z całego serca i duszy. Czy naprawdę chciała poślubić księcia Henriego i żyć długo i szczęśliwie w jego zamku? Czy tego właśnie chciała? Jej myśli biegały jak zagubione zające w lesie.

Wstała i wzięła głęboki oddech.

— Rupert, ja... — szepnęła, ale przerwała, gdyż Rupert delikatnie ujął jej dłoń w swoją gałąź, położył drugą gałąź na jej plecach i powiedział; — Czy zaszczycisz mnie ostatnim wspólnym tańcem?

Następnie lekko zakołysali się na dźwięk walca słyszanego z oddali, wydobywającego się przez otwarte okna zamku, patrząc sobie w oczy i w tym momencie Amara poczuła się tak, jakby naprawdę tańczyła z księciem Rupertem, uroczym dżentelmenem, jakim był, pomimo swojego obecnego wyglądu. Rupertowi nie było łatwo poruszać się w rytm, ponieważ jego korzenie ciągle mu przeszkadzały i chciał mieć pewność, że nie nadepnie na srebrne pantofelki Amary. W tej chwili oboje zapomnieli o całym świecie. Amara zasmuciła się, a kiedy spojrzała na księżyc, który właśnie wyjrzał spod wielkiej białej chmury, uroniła łzę. — Nie płacz moja pani, wszystko będzie tak, jak powinno być, znajdziesz swoją miłość i szczęście, tylko nie ze mną, zaufaj mi, znajdziesz.

— A jeśli tak się nie stanie? Nie chcę cię stracić. Jesteś moim najlepszym przyjacielem, jesteś moim spokojem, jesteś tym, do którego zawsze mogę iść i po prostu być sobą, tutaj w tym lesie, a co jeśli moje idealne małżeństwo nie będzie tak wyglądać? Boję się Rupercie. Jestem rozdarta i chociaż bardzo chcę cię posłuchać i ustatkować się z Henrim, nie jestem pewna, czy on da mi to, co ty możesz mi dać.

— Jestem tylko brzydkim dębem. Jak ktoś mógłby mnie kochać? Kim ja właściwie jestem? Tylko cholernym drzewem, ale jeśli masz do mnie jakieś uczucia, to proszę powiedz mi, a nawet jeśli nie, to nadal będę cię kochać, ponieważ ty jesteś MIŁOŚCIĄ. Jesteś każdym źdźbłem trawy w porannej rosie, jesteś w każdym szczycie wzgórza oświetlonym o wschodzie słońca, jesteś częścią tego Wszechświata i jesteś częścią mnie. Nie ma znaczenia, czy nie kochasz tego, kim się stałem bo stałem się tym, na co zasłużyłem. Jedyne co się liczy to, że wiesz, że cię kocham taką jaką jesteś. Ze wszystkimi twoimi niedoskonałościami, które czynią cię idealną. Jesteś najpiękniejszą i najbardziej opiekuńczą kobietą, jaką kiedykolwiek spotkałem. Dla mnie jesteś obrazem perfekcji. Dla mnie jesteś MIŁOŚCIĄ i nawet jeśli się złościsz, nawet jeśli na mnie krzyczysz, nawet jeśli z frustracji uderzasz w moje gałęzie, jesteś kobietą, którą chcę kochać do końca moich dni. Chcę cię kochać przez tysiąc lat i dłużej. Moja miłość do Ciebie jest tak silna, jak wtedy, gdy księżyc i słońce całują się na dzień dobry i na dobranoc za każdym razem, gdy się mijają i stają się jednością na ułamek sekundy, ale moja miłość do ciebie jest taka przez cały czas. Nigdy wcześniej nie wierzyłem w los i przeznaczenie, ale teraz wiem, że to los nas połączył. Jesteś moim losem, jesteś moim słońcem i moim księżycem i chcę cię kochać na zawsze i uszczęśliwiać, ale nie mogę, ponieważ... — Rupert przerwał wyznanie, myśląc, że słyszał, jak ktoś nadchodzi, ale rozejrzał się i nie widząc nikogo kontynuował — poza bezwarunkową miłością nie mogę dać ci nic innego. Przykro mi, że jeszcze bardziej cię zdezorientowałem. Przepraszam, że odrzuciłem cię ze strachu. Przepraszam, że w ogóle tu przyszedłem, nie powinienem był — dodał i puścił jej obie ręce — proszę, weź mojego żołędzia jako znak mojej miłości do ciebie i mojego wiecznego oddania tobie. Zawsze trzymaj go przy sobie, a gdy czujesz, że mnie potrzebujesz, gdy jesteś w niebezpieczeństwie, ściśnij go mocno w dłoni i pomyśl o mnie.

Od razu będę wiedział, że mnie potrzebujesz. Przyjdę i znajdę cię. To będzie nasze połączenie na zawsze. Zawsze tu będę dla ciebie. Jesteśmy teraz połączeni przez tego żołędzia — dodał, kładąc go w jej dłoni.

Amara usłyszała wyraźne kroki kogoś zbliżającego się z zamku i odwróciła się.

— Moja najdroższa Amaro, szukałem cię wszędzie! Kochanie, z kim rozmawiasz? — usłyszała znajomy głos Henriego.

— Z nikim mój drogi, rozmawiałam tylko z drzewem... — odpowiedziała, ale nie dokończyła zdania patrząc w oczy Ruperta — po prostu głośno myślałam, powtarzając przysięgę na nasz ślub — kontynuowała.

— Co? Rozmawiałaś z drzewem? Oh, moja droga, dlaczego rozmawiasz z drzewami? Nie zrozumieją cię, bo to duże, niezdarne i brzydkie, głupie stworzenia, tak jak ten oto tutaj, spójrz — odpowiedział, wskazując na Ruperta opierając się o niego.

— Rozumieją nas i rozumieją mnie — sprzeciwiła się Amara. Drzewa mają uczucia tak jak ty i ja. Są mądre, ponieważ są związane z całym Wszechświatem, a ich energia jest bardzo uspokajająca i uzdrawiająca. One mogą nawet... kochać — dodała uśmiechając się do zdziwionej twarzy Ruperta.

— Och, wypiłaś za dużo szampana. Obawiam się ci to oznajmić, ale to tylko cholerne drzewa, brzydkie, zwłaszcza to, naprawdę nie pamiętam, żeby tu wcześniej było, hmm, muszę rano porozmawiać z moim ogrodnikiem i powiedzieć mu, żeby je ściął na opał do kominków zamkowych. W każdym razie dość gadania o głupich drzewach — odpowiedział Henri aroganckim głosem.

— Dlaczego? Kocham je, wielokrotnie ratowały mi życie w lesie, mogłam się na nie wspinać, gdy byłam w niebezpieczeństwie ze strony dzikich wilków i dawały mi schronienie i ukojenie, gdy tego potrzebowałam. Nigdy nie czułam się samotna, kiedy byłam z nimi, a z ludźmi, nigdy nie wiesz, czy są uczciwi i godni zaufania, udają, że są twoimi przyjaciółmi, ale kiedy się odwrócisz, wbijają ci nóż w plecy, opowiadając historie, które są nieprawdziwe i nienawistne. Tak zresztą słyszałam od zajęcy i wiewiórek. Uwielbiałam dorastać wśród drzew. One były moimi przyjaciółmi. Myślę, że jeśli spędzisz więcej czasu w lesie, pokochasz je tak samo jak ja.

— Nie wydaje mi się, kochanie, planuję zbudować w lesie kolejne dwa domy myśliwskie i już kazałem wyciąć niektóre z najstarszych, pokrzywionych i nędznie wyglądających drzew. Potrzebuję miejsca na te ogromne budowle, a wycięte drzewa będą potem wykorzystywane do produkcji mebli, do pokrycia ścian i palenia w kominkach. Spodobają ci się, zaufaj mi, będą dla nas idealnymi letnimi domami na odpoczynek. Będziemy wtedy mogli pojechać na polowanie na lisy i zające. Zamówię ci najbardziej pochlebny strój ze skóry myśliwskiej. Jest tak wiele rzeczy, które chcę z tobą zrobić. Nie mogę się doczekać, kiedy jutro się z tobą ożenię — odpowiedział, złapał Amarę w pasie, przyciągnął do siebie i złożył na jej ustach mocny pocałunek, który wcale jej się nie spodobał.

Serce Ruperta zamarło patrząc na tą scenę, ale wiedział, że nie może się ruszyć. Patrzył, jak miłość jego życia jest całowana przez innego mężczyznę i wiedział, że nie ma już po co żyć. Zrozumiał, że umrze jako smutne, samotne drzewo bez nikogo, kto by go kochał. Wiedział to, ponieważ Matka Lasu mu to powiedziała i wiedział, że ona nigdy nie cofnie zaklęcia. Zrozumiał, że jego życie jako człowiek dobiegło końca, ponieważ nawet jeśli przemieniłby się w człowieka i był z Matką Lasu, Amara umarłaby. Wiedział, że nigdy nie da jej tego, czego potrzebuje, że już nigdy nie będzie mógł namiętnie pocałować Amary w świetle księżyca, tak jak zrobił to na łódce na jeziorze w magicznej części lasu, o czym nawet nie pamiętała. Wiedział, że życie będzie dla niego torturą tak długo, jak będzie żył, co z łatwością mogło trwać kilka tysięcy lat. Miał też nadzieję, że Amara nigdy nie dowie się o poświęceniu, jakie dla niej zrobił. Nie pozwoliłaby mu na taką ofiarę.

Dla niego był to wybór miłości.

Miłości do niej.

Rozdział 23

ŻOŁĄDŹ

Kiedy zaręczynowy bal się skończył, Amara poszła do swojej sypialni na najwyższym piętrze w prawym skrzydle zamku, która była teraz wypełniona ciepłym blaskiem świec.

Świeża bryza delikatnie kołysała niebieskimi jedwabnymi zasłonami, wpuszczając leśne powietrze wypełnione zapachem jej ukochanego dębowego mchu, przypominającym jej Ruperta. Zawsze nim pachniał, bo na nim rosło. Zawsze też się złościł, że grzyby przyczepiały się do jego ciała, ale uznawała jego marudzenie za urocze. Wtuliła się w adamaszkową, śnieżnobiałą pościel, ale będąc rozpaloną, nie mogła zasnąć. Martwiła się o ceremonię ślubną następnego dnia i nie mogła przestać myśleć o Rupercie, ich ostatnim tańcu i jego słowach do niej.

— „Jeśli naprawdę mnie kocha, dlaczego nie chce być ze mną? To po prostu nie ma sensu" — zadawała sobie w myślach pytania.

Usłyszawszy szczekanie psów w oddali, wyszła na mały taras i spojrzała na ogrody i las za nimi, który lśnił w jasnym świetle księżyca. Cieszyła się uczuciem chłodnej nocnej bryzy owijającej jej nagie ciało pod długą białą jedwabną koszulą i marzyła o wydarzeniu się cudu. Cudu magicznego przemienienia Ruperta z powrotem w księcia, aby mógł przyjechać i zabrać ją na swoim czarnym koniu, porwać ją ku zachodowi słońca, jadąc szybko bez zatrzymywania się i nie dbając o to, co świat o nich pomyśli. Kiedy zauważyła światełka migoczące za drzewami, zaciekawiona postanowiła pójść w ich kierunku. Zbiegła szybko po wąskich kamiennych spiralnych schodach, ledwo widocznych teraz w przyćmionym świetle świec. Kiedy zbliżyła się do świateł za wysokimi drzewami, zamarła, a jej serce na chwilę stanęło. Setki jeleni z ogromnymi rogami wpychane były do drewnianych wozów przez groźnych strażników z latarniami. Jelenie wchodziły w nie bez sprzeciwu jeden po drugim, jak gdyby były zahipnotyzowane. Książę Henri siedział na koniu, obserwując i nadzorując cały proces.

— Precz z nimi, następny! — rozkazał — Chcę je wszystkie. Chcę, żeby ich poroża i skóry były gotowe na jutro rano. Przywieźcie mi je z powrotem! — krzyknął okrutnym głosem, którego nigdy wcześniej nie słyszała.

Amara stała tam nie mogąc się ruszyć, próbując zrozumieć, co się naprawdę dzieje, dopóki w końcu nie zdała sobie sprawy, że mężczyzna, którego miała poślubić jutro, zabijał leśne jelenie dla ich skóry i poroża. Kiedy Henri spojrzał w jej stronę, wiedziała, że ją zauważył i że to był jej koniec. Wiedziała, że jest świadkiem okrucieństwa największego potwora, jaki widział ten las, i że była w ogromnym niebezpieczeństwie. Odwróciła się i gubiąc w drodze srebrne pantofle, zaczęła biec po zimnej, wilgotnej trawie z powrotem do zamku raniąc bose stopy. Wiedziała, że musi od niego uciec i musi ratować siebie i jelenie. Zdyszana, po szybkim biegu w górę spiralnych schodów, które wydawały się teraz tysiącami stopni, zamknęła swoją komnatę i ubrała swoją starą sukienkę ze skórzanym gorsetem, którą nosiła w lesie. Słyszała, jak Henri podążał za nią przez cały czas, a teraz głośno dobijał się pięściami do jej drzwi, sprawiając, że trzęsły się od siły ich uderzeń.

— Jak mogłeś to zrobić? Dlaczego to robisz? — wykrzyknęła przez zamknięte drzwi.

— Kochanie, to nie jest to, o czym myślisz. To tylko relokacja. W lesie jest za dużo jeleni. Zostaną przeniesione do innych królestw i to wszystko.

— Kłamiesz! Jesteś okrutnym człowiekiem! Słyszałam, jak mówiłeś, że chcesz rano mieć ich poroże i skórę!

— Nie kochanie, to nieprawda, przesłyszałaś się. Proszę, otwórz drzwi, żebyśmy mogli porozmawiać.

Amara otworzyła drzwi nie dlatego, że chciała zobaczyć Henriego, ale dlatego, że chciała usłyszeć z jego własnych ust, o co w tym wszystkim chodziło, zanim podejmie ostateczną decyzję.

— Zabijasz te jelenie. Dlaczego? Pytam, dlaczego? — wykrzyknęła.

— Ok, ok, uspokój się, nie zabijam ich.

— Tak, zabijasz, słyszałam, jak wydajesz rozkazy. Nie jestem głupia. Powinnam była wiedzieć lepiej. Powinnam była wiedzieć, że mimo wszystko nie jesteś dobrym człowiekiem. Jak mogłam być taka głupia? — odpowiedziała, bardziej wierząc własnym oczom i uszom niż słowom Henriego — Nie wyjdę za ciebie jutro. Czy mnie słyszysz? Nie wyjdę! Wolę być na zawsze sama niż z tak okrutnym człowiekiem, jak ty, zabijającym najcenniejsze zwierzęta tego lasu. Nienawidzę cię, nienawidzę cię! — wykrzyknęła ze łzami w oczach i z policzkami zaczerwienionymi od biegania i skrajnego gniewu.

— Ok... cóż, to nie poszło zbyt dobrze. Nigdy nie myślałem, że jesteś taką królową dramatu tylko z powodu jakiegoś głupiego jelenia lub dwóch. Ok, tak, masz rację. Zabijam je, ponieważ muszę się bogacić, aby utrzymać ten wielki zamek i dostarczyć ci wszystkie wygody i klejnoty, kiedy cię poślubię. Jak myślisz, skąd pochodzi cały ten przepych? Wygląda to tak, że albo zabijam ludzi, aby ukraść ich dobytek, albo zabijam głupie jelenie, żeby sprzedawać je ludziom, którzy płacą mi dużo za ich skórę i poroże. Nie jest to łatwy wybór, ale ty pomogłaś mi w tym drugim. Jelenie przychodzą do mnie z całego królestwa, ponieważ ufają ci i twojej miłości do nich. Jesteś taka słodka i naiwna, ale one cię kochają. Potrzebowałem cię tylko do tego, aby przyciągnąć je do mnie, wchodząc prosto w pułapkę. Taka jest prawda. Teraz jesteś szczęśliwa? — odpowiedział ze wściekłym i gniewnym spojrzeniem.

— Tak, cieszę się, że znam prawdę o tym, kim naprawdę jesteś — odpowiedziała, wypchnęła Henriego z drzwi i zamknęła je kluczem.

Potem szybko złapała jedyną cenną rzecz, o której mogła pomyśleć i włożyła ją do kieszeni sukni. Wbiegła na balkon i zaczęła zjeżdżać po pnączach, pomagających jej w drodze uwolnienia się z więzienia, w którym się znalazła.

Rzuciła się biegiem w głąb lasu i ścisnęła w dłoni jedną rzecz, która była najcenniejsza ze wszystkich skarbów tego zamku.

Żołądź.

Spojrzała w niebo, które mimo głębokiej nocy było oświetlone półksiężycem i białymi chmurami odbijającymi jego światło.

— Rupercie, potrzebuję cię. Proszę, przyjdź do mnie. Gdzie jesteś? Potrzebuję twojej pomocy — szepnęła, wpatrując się w niebo, które wydawało się ogromne i potężne, a chmury sunące delikatnie w świetle księżyca, jakby układały się we wzór.

Zamrugała oczami, bo nie mogła uwierzyć w to, co zobaczyła. Na jej skórze nie czuła nawet delikatnej bryzy, a chmury się poruszały. Ponownie otworzyła oczy i zobaczyła twarz Ruperta ukształtowaną z chmur, patrzącą na nią w najbardziej kochający, troskliwy sposób, jaki mogła sobie wyobrazić. To był on. Wiedziała, że usłyszał jej wołanie o pomoc. Wiedziała o tym, gdyż nie mogło być wyraźniejszego znaku. Potem usłyszała szept z jego ust; — Przyjdę po ciebie. Przyjdę i znajdę cię. Kocham Cię.

Łzy zaczęły spływać po jej policzkach, ponieważ był to najbardziej magiczny sposób usłyszenia, że jest naprawdę kochana i że tylko to było prawdą. Świadomość tego roztopiła jej serce w morzu radości, ale jednocześnie w bólu, że jest tak daleko od niego, martwiąc się, jak ją odnajdzie w środku ciemnego lasu.

— Ja... ja... — zaczęła szeptać w odpowiedzi, ale usłyszała głośne szczekanie i wycie zbliżające się coraz bliżej.

Rozejrzała się i zobaczyła migoczące światła ognistych latarni strażników z ich dzikimi bestiami, które miały czerwone błyskające oczy i poruszały się w jej kierunku wielkimi krokami łap, od których trzęsła się ziemia pod jej stopami. Spojrzała w niebo, ale twarz Ruperta zniknęła. Biegnąc w ciemność lasu wzdłuż brzegu rzeki z całej siły, ściskała żołądź w prawej dłoni, czując, jakby on stał się częścią niej. Bała się. Była przerażona. Nie wiedziała, czy Rupert zdąży przyjść na czas, by ją uratować. Wycie dzikich wilczych bestii było teraz tuż za nią.

— Bierzcie ją! Widzę ją! Tam jest! — strażnicy krzyczeli coraz głośniej.

Amara po raz ostatni odwróciła się, aby spojrzeć w okrutne, oświetlone twarze złych ludzi na koniach. Potem poczuła na plecach ostre pazury łap dzikiej bestii, zsuwające się z jej sukienki, jakby rozrywając ją na pół. Straciła równowagę, potknęła się o korzeń i upadła z pełną siłą na ziemię. Kolejna bestia chwyciła ją za ramię. Poczuła ostry ból w lewym ramieniu i czuła, że zaraz umrze rozerwana na kawałki. Jeszcze mocniej ścisnęła żołądź.

— Zostawcie ją! — wśród głośnego sapania i warczenia dał się słyszeć znajomy głos mężczyzny, którego tak nienawidziła.

Poczuła, że jej włosy są ciągnięte do tyłu, a mężczyzna, którym się tak brzydziła, spojrzał jej w twarz, oświetlając ją ognistą latarnią.

— A ty dokąd się wybierasz? — spytał zimnym głosem, od którego zadrżała, — Nigdy nie oznajmiłem, że możesz gdzieś iść. Pobieramy się jutro. Pamiętasz? — kontynuował, nie mogąc sam złapać tchu przez pościg i z pewnością siebie szaleńca.

— Nie wrócę z tobą. Gardzę tobą! — wykrzyknęła i splunęła mu w twarz, ale pożałowała tego sekundę później z powodu ogromnego bólu związanego z podnoszeniem jej z ziemi za włosy.

— Zostaw mnie w spokoju! Nie wyjdę za ciebie! Nienawidzę cię za to, co zrobiłeś. Zabijasz niewinne jeleni. Zapłacisz za to i nie pomogę ci z twoim okrutnym planem. Nie pomogę, czy mnie słyszysz!? — wykrzyknęła z pewnością siebie kobiety, która nie miała nic więcej do stracenia poza życiem.

— Moja droga Amaro, jaka ty jesteś naiwna. Myślisz, że możesz ode mnie uciec i wszystko będzie dobrze. Z powrotem dokąd? Mieszkania w szopie w lesie? Pomogłem ci się z tego bagna wydostać. Nie miałaś nic i nadal chciałem się z tobą ożenić, pamiętasz, a teraz tego nie doceniasz? Cóż, to niezbyt miłe, prawda? Ty niewdzięczna... — odpowiedział nienawistnym głosem, wpatrując się w nią wzrokiem szaleńca i dodał — Sznur!

Jeden z jego ludzi podał mu sznur, a Henri wykręcił jej ręce i związał jej nadgarstki przed sobą, jakby była teraz jego niewolnicą, pomimo jej prób walki z nim. Zrobił to z taką siłą, że trudno jej było utrzymać w sobie ból, ale nie krzyczała. Była zbyt dumna. Pchnięta w stronę koni, Henri posadził ją na swoim czarnym ogierze i usiadł tuż za nią. W eskorcie strażników wszyscy pogalopowali z powrotem do zamku. Amara była wdzięczna za zimną, nocną bryzę na jej twarzy, szyi i ramionach, która chłodziła jej ciało, czyniąc je prawie odrętwiałym. Było to lepsze niż czucie się uwięzioną z mężczyzną, którego wolałaby widzieć martwego niż siedzącego za nią

Rozdział 24

MOTYL

Dotarłszy do dziedzińca, Henri zsiadł z konia, a potem ściągnął z niego Amarę.

Pociągnął ją za związany wokół jej nadgarstków gruby sznur w kierunku katedry. Szła za nim jak zwierze prowadzone na rzeź niemogące uciec od swego oprawcy. Wchodząc do katedry po kamiennych schodach, Amara poczuła miękkość czerwonego, grubego dywanu pod pokaleczonymi od ucieczki stopami, a dywan był tak długi, że kończył się dopiero pod samym ołtarzem. Powietrze w kościele było gęste i wilgotne, wypełnione zapachem kwiatów magnolii i jaśminu owiniętych wokół wysokich kamiennych kolumn i przymocowanych do każdej drewnianej ławki wzdłuż długiej nawy. Świece, które wciąż były zapalone, dawały uczucie ciepła jej zmarzłemu ciału od pościgu podczas chłodnej nocy. Przez chwilę poczuła zawroty głowy, ale musiała pozostać przytomna i silna.

— Właśnie zdałem sobie sprawę, że nie przećwiczyliśmy naszych ślubnych przysiąg na jutro — powiedział Henri, idąc przed nią bezlitośnie ciągnąc sznur.

Amara była coraz bardziej rozmarzona. Miała wrażenie, że zaraz zemdleje z powodu surrealistycznej wizji najpiękniej ubranego kościoła na jej dzień ślubu, ale w zamian uwięziona z potworem przed sobą. Organista, widząc księcia Henriego i Amarę idących nawą, zaskoczony nieoczekiwanym scenariuszem i myśląc, że to próba przed ślubem, szybko zaczął grać na organach w najbardziej dramatyczny sposób, zapominając o melodii weselnej, którą miał zagrać w następnym dniu. Amara zadrżała od wibracji organów, potykając się i kołysząc na czerwonym dywanie, będąc bezlitośnie ciągniętą przez Henriego. Spojrzała na organistę. Przestał grać. Zapadła ogłuszająca cisza, a Henri krzyknął zimnym głosem: — Wynoś się! Organista szybko zbiegł po spiralnych kamiennych schodach i uciekł z kościoła.

— Myślę, że to twoja ostatnia szansa, by pokazać mi, jak bardzo mnie kochasz — powiedział, stojąc twarzą do niej przy ołtarzu, ale Amara spojrzała tylko w jego okrutne i nienawistne oczy, niezdolna mówić.

Henri zmusił ją do powiedzenia przysięgi ślubnej, a kiedy przyszło jej wymówić jego imię, powiedziała; — I będę cię kochać, Rupercie, do końca życia — na co Henri uderzył ją w twarz z taką siłą, że upadła na ziemię.

— Rupercie? Kim do diabła jest Rupert? Czy straciłaś rozum kobieto? Nazywam się Henri, pamiętasz? — wykrzyknął, gdy patrzyła na niego z krwawiącym nosem. Jego oczy mogły zabić. — Wstań! Nie mam na to czasu. Mam nadzieję, że jutro wypowiesz moje imię poprawnie — dodał, ciągnąc ją znów za sobą i wychodząc z kościoła w chłodną ciemność nocy.

Bez słowa popchnął ją w kierunku małych drzwi po lewej stronie Wysokiej Wieży.

— Pochodnia! — wykrzyknął ze złością do swoich ludzi stojących w pobliżu.

Następnie próbował wepchnął Amarę przez małe, ciemne

drzwi, ale ponieważ wydawała się temu opierać, wszedł przez nie pierwszy i pociągnął ją za sobą jak niewolnicę, oświetlając ciemne kamienne stopnie wąskich schodów prowadzących na dół. Amara coraz bardziej kamieniała. Wiedziała, że nadchodzi jej koniec i że nigdy nie ujrzy światła dziennego, gdy ta podróż do piekła w końcu dobiegnie końca, ale teraz nie było już odwrotu. Rupert jej nie uratował. Nie pomógł jej, jak obiecał. Bała się, że ją porzucił i była teraz zupełnie sama. Kiedy stopnie się skończyły, Henri wepchnął ją do pierwszej otwartej celi. Powietrze w środku było ciężkie. Ledwo mogła oddychać ze strachu, ucieczki i obawy przed śmiercią.

— Wchodź, Amaro! To twój nowy dom! — powiedział Henri, próbując jeszcze bardziej wepchnąć ją w ciemność przerażającej celi.

Upadła na ziemię i uderzyła głową o kamienną podłogę pokrytą ostrymi pędami pszenicy. Potem usłyszała, jak Henri znika, zostawiając ją w całkowitej ciemności. To dało jej chwilę na zamknięcie oczu i marzenie o byciu blisko Ruperta, bezpiecznej i szczęśliwej. Niedługo później znów usłyszała ciężkie kroki. Kiedy podniosła wzrok, zobaczyła, jak Henri wkłada pochodnię do metalowego uchwytu na ścianie. Ogłuszająca cisza otaczała jej ciało i duszę w najciemniejszym momencie jej życia. Usiadła i się rozejrzała. Z boku celi stało wąskie łóżko przykryte starym kocem, a mały drewniany stolik znajdował się tuż pod maleńkim oknem w kształcie półksiężyca. Henri stał przed nią. Jego długie czarne buty były brudne od błotnistego pościgu. Spojrzała na niego. Patrzył na nią z góry bezlitosnymi oczami i satysfakcją, że ją schwytał.

— Spójrz co ci przyniosłem, twój ulubiony gulasz. Pomyślałem, że pewnie umierasz z głodu przez te wszystkie emocje tej nocy — powiedział i położył przed nią srebrny talerz na ziemi.

Amara umierała z głodu, ale wiedziała, że musi pozostać silna. Dla siebie i dla Ruperta. Powoli zaczęła jeść srebrną łyżką. To był posiłek, który zawsze lubiła, choć nie było jej łatwo go zjeść z powodu sznura wokół jej nadgarstków.

— Dobra dziewczynka. Smakuje ci? — spytał Henri, stojąc nad nią i wpatrując się, jakby była wygłodniałym psem pana.

Amara nie odpowiedziała. Chciała zjeść jak najwięcej, aby nabrać sił, nie ufając mu i wątpiąc, że jego dobroć potrwa długo.

— Czy zastanawiałaś się kiedyś, z czego przyrządzone jest twoje ulubione danie? — zapytał.

— Powiedziałeś mi, że to danie z suszonych dzikich grzybów — odpowiedziała szybko pomiędzy desperackim aktem wkładania kawałków jedzenia do ust.

— Cóż, opowiedziałem ci tę historię, ale muszę ci wyznać, że tak naprawdę to nie jest danie z grzybów — odpowiedział, a Amara spojrzała w jego wielkie oczy dzikiej bestii przeszywające ją z góry, czując się nieswojo z powodu odpowiedzi, którą jej udzielił. — Właściwie to danie z twoich jelenich przyjaciół — dodał i wybuchnął głośnym śmiechem, sprawiając, że Amara wypluła z ust resztki jedzenia.

— Jak mogłeś!? — wykrzyknęła ze złością.

— Jak mogłem? No cóż, trzeba było coś jeść, a to jest coś, czego mamy dużo. Jaki w tym problem? Nagle nie lubisz swoich przyjaciół? — zapytał.

Amara spojrzała w dół na talerz, który był już prawie pusty, czując łzy w oczach, gdy uświadomiła sobie, że właśnie zjadła jedno z jej najbardziej ukochanych stworzeń w lesie.

— Chodź! — powiedział z uśmieszkiem, sięgając po jej rękę, ale nie wiedziała, dlaczego to powiedział, ponieważ jej ręce wciąż były związane liną — Ojej przepraszam, zapomniałem, że jesteś tak niegrzeczną dziewczyną, że musisz być związana. Przynajmniej na razie — dodał z dzikim śmiechem.

Złapał ją w pasie i podciągnął do góry. Stali tak blisko siebie, że czuła na ustach jego nieświeży oddech. Była bliska omdlenia, ale musiała pozostać silna.

— Proszę, wybacz mi moje maniery. Wygląda na to, że tak nie miało być. Czyja to jednak wina? — zapytał — miałaś dziś w nocy spać jak mała mysz pod kołderką i obudzić się jutro rano, gotowa iść ze mną do ołtarza, ale ty co wolałaś? Skradać się w ciemnym lesie i zobaczyć rzeczy, których nie powinnaś zobaczyć. Możesz tylko winić siebie, moja słodka Amaro — dodał, przyciągając ją do siebie w pasie, ciężko dysząc w jej policzek, trzymając ją tak mocno, że nie mogła odwrócić głowy — i tak jutro pójdziesz do ołtarza, rozumiesz? Wyjdziesz za mnie i zostaniesz po ślubie w tej celi tak długo, jak będzie trzeba, abyś zapomniała o uciekaniu. Słyszysz mnie? — wszeptał wprost do jej ucha, aż dreszcze przebiegły jej po plecach — Pytam, czy mnie słyszysz? — wykrzyknął tym razem.

— Nie wyjdę za ciebie jutro ani nigdy. Nigdy nie będę z tobą i nigdy cię nie pokocham. Jesteś najokrutniejszym człowiekiem, jakiego kiedykolwiek spotkałam, a moje serce i dusza zawsze będą należeć do mojej jedynej prawdziwej miłości, Księcia Ruperta z Zaczarowanego Królestwa Jeleni. Nie zależy mi na tobie i nigdy nie będzie. Będę z... — odpowiedziała, ale Henri złapał ją za usta i zacisnął je tak mocno, że aż bolało.

— Nie potrzebuję, żebyś mnie kochała, czy troszczyła się o mnie. Jedyne, do czego cię potrzebuję, to przyprowadzanie do mnie wielu jeleni. To twoje jedyne zadanie. Jedyne, na czym mi jednak zależy to, że jesteś wobec mnie lojalna. Przestań fantazjować o jakimś księciu, który zaginął dawno temu i już nie żyje, zjedzony przez wilki — odpowiedział — nie oczekuję od ciebie miłości. Oczekuję posłuszeństwa.

— Tak jak od twoich wilczych bestii! — odpowiedziała z furią w głosie, dodając, — zawsze będę cię nienawidzić! Ja ko... — powiedziała, ale Henri przycisnął jej usta do jej ust i mocno ją pocałował. Nie mogąc uwolnić się z jego pułapki, ugryzła go w dolną wargę.

— Ty suko! — wrzasnął ze złością i uderzył ją w twarz, aż jej nos krwawił jeszcze bardziej — Zapłacisz za to! — wrzasnął i pchnął ją na drewniany stół, podnosząc jej sukienkę warstwa po warstwie. Amara wiedziała, że jej koniec nadchodzi w taki czy inny sposób, nie mogąc walczyć ze związanymi rękami, nawet nie krzyczała o pomoc. Wiedziała, że teraz nic, ani nikt nie może jej pomóc.

— Czy to jest to, o czym marzysz ze swoim Rupertem, że on może ci to zrobić? — szepnął jej do ucha, przesuwając szorstkimi, dużymi palcami po tylnej części jej uda — Czy tego właśnie chcesz? — kontynuował ruchami palców między jej nogami, — wiesz, mógłbym cię mieć teraz, ale dlaczego miałbym? Będziesz moja jutro. Nie lubię psuć niespodzianek. Odwiedzę cię w tym lochu po ślubie i zrobię z tobą wszystko, co zechcę. Rozumiesz? — kontynuował, głęboko wdychając jej jaśminowy zapach skóry, a potem wypuścił go z szaloną pasją, wydychając go do jej prawego ucha — i mam nadzieję, że jesteś dziewicą. Jesteś? — zapytał, kiedy Amara wpatrywała się załzawionymi oczami przez małe okienko z kratami na księżyc świecący jasno, nagle przypominając sobie namiętną noc z Rupertem na łódce magicznego lasu i odpowiedziała z uśmiechem: — Pomarz sobie.

Słysząc to, Henri z całą siłą zepchnął ją ze stołu na ziemię. Upadła z wielkim hukiem na zimną kamienną posadzkę i ponownie uderzyła się w głowę, krwawiąc.

— Co to znaczy; pomarz sobie? Czy książę Rupert cię miał? W jaki sposób? On jest martwy! To niemożliwe! — krzyczał, obchodząc jej leżące bezwiednie ciało.

— On żyje. Spędziliśmy razem najbardziej magiczną noc pod gwiazdami na środku jeziora na łódce w kształcie łabędzia. Jestem już jego. Zawsze byłam tylko jego i zawsze będę tylko jego. Nic nie możesz zrobić, aby to zmienić. Jesteśmy jednością, a on przyjdzie i mnie uratuje. Obiecał mi to i już nigdy nie zostawi mnie z tobą — odpowiedziała, powoli wstając i patrząc Henriemu w oczy z taką pewnością siebie, że cofnął się o krok.

— Zobaczymy! — wykrzyknął i uderzył ją w twarz z taką siłą, że znów upadła na podłogę, tracąc przytomność.

Kiedy otworzyła oczy, myślała, że umarła. Wokół niej panowała ciemność, ale kiedy spojrzała w górę, zobaczyła światło księżyca wyglądające przez okno. Usiadła na podłodze i zaczęła płakać.

— „Gdzie jesteś, Rupercie? Dlaczego mnie porzuciłeś? Obiecałeś mi, że zawsze będziesz się mną opiekować, ale skłamałeś. Jestem teraz całkiem sama i umrę sama. Dlaczego mnie nie uratowałeś? Dlaczego kłamałeś, że mnie kochasz? Dlaczego?" — szepnęła przez łzy i zamknęła spuchnięte od płaczu i bicia powieki.

Kiedy ponownie otworzyła oczy, pomyślała, że śni. Do celi wleciał niebieski promyk pulsującego światła i początkowo nie mogła zrozumieć, co to takiego. Wytarła łzy, a maleńka kula niebieskiego światła się zbliżyła. Wyciągnęła swoje związane dłonie i otworzyła je. Niebieskie światło było motylem. Jego skrzydła pulsowały światłem o zmiennym natężeniu. Tak się na jego widok ucieszyła, że jej twarz się rozjaśniła.

— Nie martw się Amaro. Rupert cię kocha. Wiesz to głęboko w swoim sercu. Nie pozwól, aby twój strach budził w nim jakiekolwiek wątpliwości. Nie wątp w jego miłość i pamiętaj: Gdzie jest miłość, tam jest nadzieja — powiedział motyl niebiańsko brzmiącym głosem i odleciał, zostawiając Amarę samą.

Wspomnienie bycia z Rupertem wymknęło jej się z oczu i spłynęło po policzkach.

Była teraz pełna nadziei.

Rozdział 25

PŁONĘ DLA CIEBIE

Kiedy Rupert poczuł wołanie o pomoc Amary, gdy ściskała jego żołędzia, wiedział, że jest w ogromnym niebezpieczeństwie i że musi ją uratować.

— Chodź, Robin, musimy znaleźć Amarę! — zawołał do śpiącego na jego gałęzi przyjaciela.

— Och, co znowu? — odpowiedział Robin zaspanym głosem, ponieważ nie było go w domu przez ostatnie trzy noce po tym, jak jego żona stała w drzwiach z patelnią, gotowa zmienić jego skrzydła w anielskie, bo nie dał jej znać, gdzie był przez kilka dni.

— Amara, ścisnęła mojego orzeszka. Naprawdę mocno. To znak. Potrzebuje mojej pomocy — powiedział Rupert, powoli wyrywając korzenie z ziemi i przygotowując się do podróży.

— Co kuwak? Więc kobieta ściska ci orzeszka i musisz do niej iść? Oh ok, rozumiem. Nie musisz mi mówić nic więcej — odpowiedział, mrugając.

— Robinie Drewniaku! Przestań żartować, bo każę gołębiom narobić ci na dachu twojego domu.

— Kuwak, nie, proszę tylko nie gołębie, błagam, ich odchody są toksyczne, nie będę mógł ich usunąć miesiącami. Jak więc mogę ci pomóc, mój przyjacielu? — zapytał z półksiężycem na dziobie.

— Cóż, musimy znaleźć sposób, aby szybko dostać się do Amary, ale jak to zrobić? — spytał Rupert i gdy tylko to powiedział, ujrzeli jadący w oddali wóz z dwoma końmi.

— Ja się tym zajmę — powiedział Robin — nie na darmo nazywają mnie kuwak Robinem Drewniakiem! — dodał. — Rozkazuję ci natychmiast porzucić ten wóz! — oznajmił poważnym głosem, lądując na końskim zadzie, tuż przed starym woźnicą, którego twarz zamarła, słysząc mówiącego ptaka.

— Prrr! — wykrzyknął woźnica, zatrzymując konie — Co ty do mnie mówisz? — wymamrotał.

— Powiedziałem, porzuć ten powóz, bo potrzebujemy go do bardzo ważnej misji. Co moim zdaniem jest misją niemożliwą, ale hej, rzeczy, które robimy dla przyjaciół, prawda? Więc tak, odejdź natychmiast, bo będziesz kuwak żałować — kontynuował Robin pewnym siebie głosem.

— Co masz na myśli, mówiąc my? — spytał starzec, jeszcze bardziej oszołomiony, rozglądając się, jakby chciał zobaczyć inne ptaki.

— My, czyli Robin Drewniak oraz ja, Książę Rupert z Zaczarowanego Królestwa Jeleni — powiedział Rupert, podchodząc do niego cicho, a gdy tylko wynurzył się z ciemności, starzec wyglądał tak, jakby doznał ataku serca i po zsunięciu się z powozu wbiegł w paprocie szybciej niż wiatry, które zazwyczaj przebiegały przez jego spodnie.

— Proszę bardzo, kuwak, załatwiłem to dla ciebie — powiedział Robin z bezczelnym uśmieszkiem.

— Och — zachichotał Rupert — no dobrze, chodźmy, nie ma czasu do stracenia. Znajdźmy Amarę! — dodał i wskoczył na wóz, krzycząc — Wioooo! do koni, które były tak zaskoczone mówiącym i chodzącym drzewem, że zaczęły galopować jak szalone myśląc, że od niego uciekną.

— O tak kochaniutkie, to właśnie nazywam przejażdżką! — wykrzyknął Rupert, śmiejąc się i patrząc na Robina lecącego tuż obok niego, czując wiatr w liściach i wiedząc, że nic go teraz nie powstrzyma.

— Kuwak, uwielbiam to! — powiedział Robin.

Kiedy Rupert w końcu zobaczył zamek w oddali, zrozumiał, że Amara jest w ogromnym niebezpieczeństwie. Dym i ogień ogarniały jego ściany oraz okna od samego dołu po sam szczyt.

— O nie, Robinie! Zamek płonie! Musimy uratować Amarę, ale gdzie ona jest? Pomóż mi! — wykrzyknął zrozpaczony, a Robin widząc powagę sytuacji nie zwlekał dłużej i poleciał w kierunku zamku w poszukiwaniu ukochanej kobiety Ruperta. — Tutaj, tutaj! — krzyknął, gdy tylko zbliżył się do płonących ścian. — Ona jest tutaj! — wrzasnął Robin wskazując na małe okno celi, gdzie Rupert zobaczył zaledwie cień kobiety, którą tak bardzo kochał.

— Kochanie, jestem tutaj, zaraz ci pomogę! — wykrzyknął Rupert, sięgając gałęziami do krat i próbując rozerwać je z całej siły — Proszę, odsuń się Amaro, pozwól mi to zrobić! — powiedział, bojąc się, że ogień może ją lada chwila dosięgnąć, — nie martw się kochanie! Jestem tutaj! — powtórzył i widząc jej łzawiące oczy iskrzące od płomieni dookoła, dało mu to siłę nie z tego świata. Wiedział, że musi ją uratować albo sam umrze z rozpaczy.

Amara nie odezwała się nawet słowem i zrobiła dokładnie to, co powiedział jej Rupert. Odsunęła się od okna małej celi. Rupert chwycił metalowe pręty w oknie z całej siły i zaczął je rozrywać. Jego gałęzie natychmiast zapaliły się i poczuł ogromny ból, ale wiedział, że nie może odpuścić. Wciąż rozciągał kraty, a ból stawał się nie do zniesienia, ale się tym nie przejmował. W końcu po tym co wydawało się wiecznością, zebrał wszystkie swoje siły i rozerwał okno wraz ze ścianami, które rozpadły się w gruz na jego oczach, uwalniając jeszcze więcej ognia, który go natychmiast zajął.

— Amaro! Amaro! Rupert wrzasnął z bólu, który był zarówno fizyczny, jak i emocjonalny — Amaro! — powtórzył i zobaczył jej sylwetkę wyłaniającą się z dymu i ognia, a następnie upadającą na ziemię tuż przed nim.

— Kochanie, wszystko w porządku? — wykrzyknął, ale widząc ją powoli unoszącą się z ziemi z twarzą oświetloną od płomieni piekelnego ognia, odetchnął z ulgą.

— Nic mi nie jest, Rupercie — wymamrotała — ale ty... ale ty... płoniesz! wykrzyknęła z przerażeniem, widząc jego gałęzie w ogniu.

— Nie martw się o mnie! — odpowiedział Rupert — biegnij do borsuków! Biegnij tak szybko jak potrafisz! Chcę, żebyś była bezpieczna — dodał widząc zbliżających się strażników Henriego — uciekaj, proszę kochanie, wszystko będzie dobrze, zaufaj mi, zajmę się nimi! — odpowiedział z miłością w oczach.

— Nie chcę cię zostawiać, proszę, nie pozwól mi cię znowu zostawić! — błagała Amara.

— Nie mówię ci, żebyś mnie opuściła, tylko żebyś była bezpieczna. Znajdę cię. Zaufaj mi — powiedział, czując coraz większy ból w płonących gałęziach.

— Dobrze więc, tak zrobię — odpowiedziała i zaczęła biec tak szybko, jak tylko mogła, w głębiny ciemnego lasu.

— No, no, no, kto nas zaszczycił swoją wizytą? — Rupert usłyszał głos Henriego i nawet nie patrząc na odpowiedzialnego za to wszystko potwora, wykonał ogromny zamach płonącą gałęzią z nadzieją, że go uderzy, ale chybił.

Strażnik po jego prawej stronie odciął płonącą gałąź jednym wielkim ciosem miecza. Rupert poczuł ostry ból, ale nie wydał żadnego dźwięku.

— To koniec, Henri, nie będziesz już krzywdzić Amary. Myślałem, że jesteś dobrym człowiekiem. Myślałem, że możesz ją uszczęśliwić. Myliłem się. Teraz zapłacisz za swoje okrucieństwo.

— Ha, myślisz, że ty każesz mi zapłacić? W jaki sposób? Widzę, że nie umarłeś, ale za to jesteś starym, brzydkim dębem, a do tego jesteś w ogniu, zauważyłeś? Mam dla ciebie złe wieści. Jesteś drzewem więc nie wygląda to dla ciebie zbyt dobrze — odparł Henri, śmiejąc się z własnego okrutnego poczucia humoru.

— Nie obchodzi mnie to. Amara jest bezpieczna i z dala od ciebie. Tylko to się liczy!

— Złapcie go! — wykrzyknął Henri ze złością, a jego ludzie zaczęli rzucać w Ruperta linami — Jesteś teraz sam Rupercie. Spójrz na moich rycerzy. Myślisz, że zdołasz pokonać moją armię? — dodał z szaleńczym uśmiechem.

W tym momencie drzewo tuż za Rupertem zbliżyło się do niego i stanęło obok niego. Potem kolejny wielki dąb, prawie tak duży jak Rupert, stanął po jego lewej stronie. Zaraz za nim stanęła sekwoja, ogromna jak wieża zamku. Rupert odwrócił się i zobaczył wszystkie drzewa wyrywające się z korzeniami i zbliżające się do niego, wyłaniające się z ciemności w światło płonącego zamku.

— Rupert jest jednym z nas i jeśli chcesz z nim walczyć, będziesz musiał walczyć z nami wszystkimi! — wykrzyknęły wszystkie drzewa jednocześnie niskim, ale silnym głosem.

Twarz Henriego zbladła. Nie spodziewał się, że stanie przed armią drzew pomagających Rupertowi. Nie był na to przygotowany.

— Bierzcie ich! — wykrzyknął zarówno ze strachu, jak i złości do swoich ludzi ubranych w zbroje, którzy zebrali się za nim.

Krwawa bitwa rycerzy i drzew się rozpoczęła. Drzewa były wysokie, silne i nieprzewidywalne, ale nie miały mieczy. Mogły uderzyć rycerza w ciężkiej zbroi z taką siłą, że wzleciał on wysoko w powietrze i z potężnym łomotem spadł na ziemię. Martwy. Rycerze ścinali jednak w zamian gałęzie drzew wielkimi ciosami mieczy, jakby usuwali im kończyny i pozostawiali je bardziej podatnymi na liny, które je przytrzymywały i łamały na kawałki. Hałas bitwy był tak donośny, że okoliczni mieszkańcy wsi obudzili się i spojrzeli przez okna swoich chat, nie wierząc własnym oczom. Byli świadkami zaciętej bitwy rycerzy i drzew, których ta kraina nigdy wcześniej nie widziała.

Rupert walczył dzielnie wraz ze wszystkimi drzewami, wykorzystując swoje płonące gałęzie na swoją korzyść, gdyż zdawał sobie sprawę, że nie ma zbyt wiele czasu na wygranie bitwy. Rozumiał, że jego życie wkrótce się skończy, jeśli miało to dalej trwać, ale musiał zabić Henriego stanowiącego śmiertelne zagrożenie dla swojej miłości, który przestraszył się teraz i wskoczył na konia, próbując uciec. Rupert zobaczył go uciekającego po tym, jak z całą siłą uderzył gałęzią rycerza w ciemność lasu. Podszedł do Henriego i krzyknął; — A ty dokąd się wybierasz? — ale zanim ten zdążył odpowiedzieć, Rupert uderzył go z pełną siłą, sprawiając, że spadł z konia z głośnym hukiem w błoto. Henri sięgnął po miecz i zaczął walczyć z Rupertem, przecinając jego gałęzie po każdym nieudanym ciosie Ruperta, pozostawiając go prawie z niczym, czym mógłby walczyć.

— Nigdzie nie idę, ty kaleko! Spójrz na siebie! Wszyscy jesteście nadzy. Spaliłeś się i straciłeś swoje gałęzie. Już nic mi nie możesz zrobić!

— Tak, mogęęę… — Rupert próbował odpowiedzieć, ale zanim zdążył dokończyć, poczuł wokół siebie liny, które sprawiły, że nie mógł się ruszać, a im bardziej próbował się uwolnić, tym bardziej tracił równowagę. Upadł z wielkim hukiem na ziemię, zamykając oczy i czując, że jego koniec był bliski.

— „Dla mnie to już koniec. To naprawdę koniec" — pomyślał, ale usłyszał głośny grzmot i kiedy otworzył oczy, potężny piorun uderzył w niego z taką siłą, że pomyślał, że umarł i poszedł do rozświetlonego nieba. Ku swemu zdziwieniu, poczuł jednak nieziemską siłę, dzięki której znów się podniósł. Myśl o pozostawieniu Amary w rękach tego niebezpiecznego człowieka nie pozwalałaby mu spocząć w spokoju, a Wszechświat mu w tym pomagał.

Wiedział, że musi żyć, wiedział, że musi przeżyć.

Dla niej.

Ponieważ ją kochał.

— Nigdy mnie nie pokonasz! — wykrzyknął Rupert z groźnymi oczami wpatrującymi się w Henriego, który stał i nie mógł uwierzyć w to, co zobaczył, zdumiony siłą woli Ruperta do życia i błyskawicą, która go uderzyła, dając mu tę moc.

Rupert odwrócił się plecami do Henriego, aby zobaczyć, czy bitwa dobiegała końca i w tym momencie ponownie spadła na niego sieć mocnych lin, uniemożliwiających mu poruszanie się.

Wiedział, że to jego koniec.

Wiedział, że to koniec dla niego i Amary.

Wiedział, że przegrał.

Rozdział 26

ORLE SKRZYDŁA

Amara biegła z całych sił przez przerażającą ciemność lasu w kierunku drewnianej ławki nad rzeką, którą zrobił dla niej Rupert i która była blisko borsuków.

Wielkie paprocie łapiące jej bose stopy i leżące na ziemi gałęzie, które je raniły przy każdym kroku sprawiły, że była jeszcze bardziej zdeterminowana, aby dotrzeć w bezpieczne miejsce. Wierzyła, że Rupert przyjdzie po nią, tak jak obiecał. Gdy dotarła do rzeki, zobaczyła ich ławkę, a księżyc wskazywał jej dalszą drogę. Rozpoznała światła w okienkach małej chatki borsuków porośniętej mchem i zapukała do drzwi.

— Rupert... Rupert uratował mnie z zamku i tam został. Kazał mi tu przyjść i czekać na niego — wymamrotała, zadyszana od szybkiego biegu.

— Och, biedne dziecko, usiądź i odpocznij, powiedz mi o wszystkim — powiedziała Emily czułym głosem i posadziła Amarę na kamieniu nad rzeką, a Amara opowiedziała jej, co się stało.

— O nie, to okropne. Czyli Rupert powiedział, że przyjdzie i cię zabierze? Jesteś pewna, że nic mu nie jest? — spytała Emily, wyraźnie zaniepokojona.

— Tak... tak powiedział — powtórzyła Amara, ale głosem nagle pozbawionym pewności siebie.

Wstała i ruszyła przed siebie w wzdłuż rzeki, patrząc na lśniącą w świetle księżyca powierzchnię wody. Weszła na mały drewniany mostek i wpatrywała się w odbicie księżyca w zmarszczkach wody, które wydawały się poruszać coraz szybciej. Nagle pojawiła się w nich twarz Ruperta. To był znak. Musiała coś zrobić. Nie mogła po prostu siedzieć i nic nie robić, kiedy jej mężczyzna, którego kochała, wciąż walczył o swoje życie. Wydała przeciągłe wilcze wycie, wołając Runa, swojego najlepszego przyjaciela — Auuuuu, auuuu —zawyła unosząc podbródek, tak jak robiły to wilki, wzywające się nawzajem w niebezpieczeństwie — Auuuuu, auuuu — ciągnęła.

— Oh hej, jestem tutaj, nie ma potrzeby być tak głośną! — powiedział Runo stojący tuż obok niej i wpatrujący się w nią swoimi magicznymi wielkimi oczami, jednym niebieskim i jednym zielonym, które zawsze zachwycały ją swoim pięknem — Do usług, moja pani Amaro — kontynuował.

— Runo! Potrzebuję twojej pomocy, Rupert jest w ogromnym niebezpieczeństwie. Wciąż walczy z Henrim i jego armią, więc musimy iść mu pomóc — odpowiedziała i wskazała na płonący zamek, który był dobrze widoczny z daleka.

— Twoje życzenie jest dla mnie rozkazem, wiesz, że zrobiłbym dla ciebie wszystko — odparł Runo i wydał z siebie najbardziej przerażające wycie, jakie Amara kiedykolwiek słyszała w swoim życiu — Auuuuuuuuu — zawył, a wszystkie wilki z lasu odpowiedziały; — Auuuuuuuuu — zbierając się razem i biegnąc w jego stronę, wiedząc, że to wołanie o pomoc i wezwanie do wojny. W takich chwilach zawsze wspierali się nawzajem i to był ich sygnał do działania.

— Zobacz, spójrz na swoją leśną armię Amaro — powiedział Runo, wskazując na setki wilków u ich stóp, kłaniających się i pokazujących lojalność oraz gotowość do bitwy.

Amara usłyszała wokół siebie kolejny hałas, a kiedy się odwróciła, zobaczyła wszystkie jelenie wyłaniające się z ciemności. Ich poroża płonęły niebieskim, jarzącym się ogniem i oświetlały cały las. Były ich setki. Wzruszyła się, bo cały las zebrał się do pomocy.

— Zgłaszamy się do służby — usłyszała tuż za sobą cichy głos, a kiedy spojrzała w dół, zobaczyła Emily w drewnianym garnku na głowie z rączką wystającą z lewej strony i trzymającą w prawej łapie drewnianą patelnię. Za nią stały setki innych borsuczyc ubranych w takie same zbroje.

— Armia Borsukowych Mam gotowa do bitwy — dodała Emily dumnie.

— Będziecie walczyły... patelniami? — spytała Amara, rozbawiona niespodziewanym, ale najsłodszym widokiem, który roztopił jej serce, widząc odwagę ich wszystkich.

— Tak, będziemy, nie masz pojęcia, jak zabójcza może być patelnia dla niegrzecznego męża — odpowiedziała Emily z promiennym uśmiechem.

— Och, więc używacie patelni na swoich mężach?

— No nie, przynajmniej jeszcze nie. Mój uciekł i ukrył się w króliczej norce, gdy raz zobaczył mnie taką uzbrojoną przy drzwiach, po tym, jak wrócił trzy dni po łabędzim wieczorze kawalerskim. Nie wychodził z tej dziury przez cztery dni. Od tego czasu kiedy widzę małe króliki codziennie uśmiechające się do mnie, gdy wracają ze szkoły rzecznej, czasami zastanawiam się, dlaczego mają zęby borsuka — odpowiedziała.

— Dobrze, w takim razie chodźmy! — wykrzyknęła Amara i wskoczyła na plecy Runa, wydając przeciągłe wycie gotowości do bitwy.

— Auuuuuu — zawyła.

Kiedy Runo zaczął biec, chwyciła hełm jednego z rycerzy Henriego leżący na ziemi, założyła go, a kiedy zobaczyła białe pióra wielkiego orła przy paprociach, wzięła kilka z nich i wpięła je z tyłu. Następnie podniosła długi srebrny miecz, który utkwił w ziemi i skierowała go w niebo. Jelenie, wilki i borsuki podążyły za nią do bitwy ich życia.

— Musimy pomóc Rupertowi, będziemy o niego walczyć! — wykrzyknęła Amara z zaciekłą pewnością siebie, czując zimny wiatr na twarzy, gałęzie raniące jej twarz i gołe ramiona, bo wiedziała, że nigdy nie zostawi Ruperta samego. Musiała walczyć. Musiała mu pokazać, jak bardzo jej na nim zależy.

Gdy zbliżyli się do płonącego zamku, bitwa wciąż trwała, drzewa leżały na ziemi z odciętymi gałęziami, niezdolne do walki. Wielu rycerzy Henriego również leżało na ziemi zalanej krwią, zgnieceni przez drzewa, które na nich spadły. Amara wpadła w wściekłość, widząc tyle bólu, cierpienia i zniszczenia w swoim ukochanym lesie, że głośno zawyła; — Auuuuuuuu! Walczmy za Ruperta! — a wszystkie zwierzęta podążyły za nią.

Jej miecz przecinał zbroje okrutnych mężczyzn z prędkością błyskawicy. Runo niósł ją coraz bliżej walczących mężczyzn i drzew, ale przez to był coraz bardziej raniony mieczami przecinającymi jego grube futro. Kiedy Amara poczuła się, jakby została uniesiona wysoko w powietrze, spojrzała w górę i zobaczyła olbrzymiego, białego orła, który złapał jej skórzane paski gorsetu z tyłu, dając jej jakby swoje skrzydła do lotu. Runo spojrzał na nią z dołu, ale ona tylko się do niego uśmiechnęła. Mógł teraz odrywać głowy złym rycerzom, nie martwiąc się o Amarę na plecach, a ona była teraz niezniszczalną kobietą ze skrzydłami orła, który leciał z nią od jednego rycerza do drugiego, pomagając jej przecinać ich ręce i głowy, aż ciepła krew tryskała wysoko w powietrze, opryskując Amarę. Kiedy tylko było to możliwe, orzeł wydłubywał im oczy swoim dużym czerwonym dziobem, aby łatwiej mogła z nimi walczyć. Olbrzymi, biały orzeł stał się teraz jej częścią i tylko ona mogła pokonać armię księcia Henriego.

Zauważyła, że Rupert walczy resztkami swoich gałęzi, ale wydawało się, że przegrywał, gdyż był związany linami ze wszystkich stron przez mężczyzn, którzy próbowali przewrócić go na ziemię. Skierowała orła w jego stronę i natychmiast odcięła wszystkie liny trzymające Ruperta. Następnie odcięła głowy wszystkich rycerzy, którzy je trzymali, a orzeł wydłubał im oczy, gdy ich hełmy się otworzyły.

— Rupercie! Biegnij, znajdę cię! Uciekaj do naszego sekretnego miejsca przy ławce nad rzeką! — wykrzyknęła w chwili, gdy orzeł rzucił ją na ziemię i odleciał, widząc, że bitwa już się skończyła.

Henri leżał nieprzytomny w błocie i nie mógł ich już skrzywdzić, ale Amara chciała mieć pewność, że tego nie zrobi.

— Proszę Rupercie, idź, po prostu idź! — wykrzyknęła, choć widząc jego łzawiące oczy, też miała ochotę płakać. Musiała pozostać silna — To się nie skończy, dopóki cię nie zabiją. Proszę cię, idź i czekaj tam na mnie — dodała już teraz spokojnym i kochającym głosem.

— Proszę, przyjdź do mnie tak szybko, jak możesz — odpowiedział niskim i słabym głosem, oddalając się powoli, spalony, zraniony, bez gałęzi i wycieńczony.

Amara podeszła do Henriego i dotknęła jego ramienia, ale się nie poruszył.

— Wycofajmy się! — krzyknęła do wszystkich jeleni, z rogami przebijającymi zbroje rycerzy we wszystkich możliwych miejscach podpalając ich oraz borsukowych mam uderzających w hełmy patelniami z głośnym hukiem i pilnujących, żeby nie wstali ponownie.

Amara nie chciała, by w tej bitwie nie ucierpiały już żadne inne zwierzęta i drzewa. Wskoczyła na plecy Runa. Jego zęby były teraz pokryte krwią, a srebrne futro pocięte i krwawiące od ostrych mieczy. Wyryte, białe serce na futrze również wyglądało, jakby krwawiło. Amara dotykała go, aby zatrzymać płynięcie krwi. Jej leśna armia podążyła za nią, a ona była z nich dumna, że razem walczyli dla Ruperta.

— Rozkazuję ci ściąć każdy dąb w tym lesie przed zmierzchem! Zrozumiałeś? — wykrzyknął Henri do strażnika stojącego tuż obok niego, Naczelnego Dowódcy Królestwa Fardom, gdy tylko odzyskał przytomność i wstał, kołysząc się z boku na bok.

— Każdy dąb, milordzie? — powtórzył mężczyzna z wahaniem w głosie, ponieważ wiedział, że doprowadzi to do wyginięcia prawie wszystkich drzew w lesie.

— Tak! Każdy dąb! Chcę, żeby wszystkie zniknęły. Zwłaszcza Rupert. On musi umrzeć. Czy to jasne? — wykrzyknął Henri ze złością, usuwając błoto ze swojej zbroi.

— Tak, mój Panie.

Rozdział 27

ROZDROŻE

Rupert poruszał się powoli i podążał w kierunku księżyca, który oświetlał jego drogę.

Był bardzo słaby i ciężko ranny. Chciał tylko znów być blisko Amary. Zatrzymał się na skrzyżowaniu dwóch ścieżek prowadzących w przeciwnych kierunkach. Był tak wyczerpany bitwą, że nie pamiętał, czy widział to miejsce wcześniej i która ścieżka prowadziła do ławki nad brzegiem rzeki, do domu jego i Amary, odkąd się spotkali.

— Która jest właściwa? — zastanawiał się.

— Tylko ty wiesz, która ścieżka jest dla ciebie właściwa — usłyszał głos księżyca świecącego nad nim.

— Ja wiem? Skąd mam to wiedzieć? — wymamrotał.

— Tak, ty już wiesz, która ścieżka jest dla ciebie właściwa. Głęboko w swoim sercu i duszy wiesz, którą wybrać. Widzisz, każda ścieżka może być dla ciebie właściwa i każda może być dla ciebie zła. To dlatego, że każda z niech ma w sobie zarówno dobro, jak i zło. Najważniejszą rzeczą dla ciebie jest poznanie i zaakceptowanie faktu, że każdy wybór, który wydaje ci się słuszny, wiąże się ostatecznie z poświęceniem, którego musisz dokonać. Bo o to właśnie chodzi w życiu. Wybór i akceptację tego, co jest. Teraz i na zawsze. Nic nigdy nie będzie idealne, ale wszystko może być dla ciebie idealne, jeśli zaakceptujesz zarówno dobro, jak i zło — odpowiedział księżyc ciepłym, pełnym miłości głosem.

— Ja... myślę, że chciałem iść w prawo... — Rupert wymamrotał, próbując podążać za radą księżyca — czy to właściwa droga? — zapytał, ale kiedy spojrzał w górę, księżyc schował się już za białymi chmurami i obie ścieżki ogarnęła ciemność.

Podążając więc ścieżką po prawej stronie, zauważył, że las staje się coraz gęstszy, przez co coraz trudniej było mu się poruszać. Olbrzymie paprocie stawały się coraz bardziej nieubłagane, blokując mu drogę, łapiąc jego korzenie, aż zaczął tracić równowagę. Nagle poczuł, jak jego korzenie zapadają się w mokrą ziemię, jakby tonął w bagnie. Bluszcz szybko owinął się wokół niego, utrudniając mu oddychanie i poczuł się, jakby chciał go udusić.

— O nie, co się dzieje? Nie mogę się ruszyć. Gdzie ja jestem? — powiedział do siebie na głos, skamieniały na myśl, że utknął w mokrej ziemi, której nie pamiętał, i nie będzie teraz mógł dotrzeć nad rzekę by spotkać się z Amarą. — Co ona teraz pomyśli? Że ją porzuciłem? Że uciekłem i ją zostawiłem? — pomyślał przerażony.

— Nie martw się, to dopiero początek końca — usłyszał przeraźliwy głos kobiety, który kiedyś słyszał — nie sądziłeś, że pozwolę ci po prostu żyć długo i szczęśliwie z Amarą, nawet jako drzewo, prawda? — ciągnął głos, a kiedy się rozejrzał, zobaczył tego samego starca w kapturze, który pojawił się przed nim, gdy zamienił się w dąb.

— Och, to ty, — powiedział zmieszany — co się stało z twoim głosem?

— Nie poznajesz mnie, Rupi? To ja... — usłyszał głos Matki Lasu i przyglądając się uważnie starcowi, patrzył, jak się w nią przemienia.

— To... to ty? — sapnął, patrząc z niedowierzaniem na to, czego właśnie był świadkiem.

— Tak, to ja głupcze, czego się spodziewałeś? Wróżki chrzestnej? — odpowiedziała Matka Lasu, śmiejąc się głosem wariatki — tak, to byłam przez cały czas ja, po prostu nigdy tego nie widziałeś. Powiedziałam ci, kiedy mnie odrzuciłeś, że zostaniesz w tym lesie jako drzewo na zawsze za karę, a ja dotrzymam słowa. Teraz nigdzie nie pójdziesz. Nie możesz uciec od swojego przeznaczenia. To tylko kwestia godzin, a nawet minut, zanim ludzie Henriego przetną cię na pół.

— Dlaczego mi to robisz? Dlaczego jesteś dla mnie tak okrutna? — zapytał zrozpaczony Rupert.

— Ponieważ zaoferowałam ci prawdziwą miłość... moją prawdziwą miłość, ale wolałeś tę głupią Amarę — odpowiedziała i z dużym zamachem zarzuciła swoim długim zielonym płaszczem, zbliżając się do Ruperta.

— Mówiłem ci, że cię nie kocham, kocham tylko Amarę, a ona nie jest głupia. Jest najwspanialszą, kochającą i troskliwą kobietą na Ziemi. W przeciwieństwie do ciebie! — wykrzyknął ze złością, wiedząc, że mówienie jego prawdy już mu nie zaszkodzi.

— Dałam ci szansę — powiedziała i dotknęła jego kory, ale on odsunął się od niej o krok — w każdym razie, miło było cię poznać, w końcu powinieneś się cieszyć, że nie przemieniłam cię w krzesło — dodała i szybko odwróciła się, zatapiając się w jednego z dębów przed nim i pojawiając się po jego drugiej stronie. Jej skóra miała zielony odcień w świetle księżyca, który znów wyszedł zza chmur, a Rupert pomyślał, że jej ciało wyglądało przez chwilę jak... kora drzewa.

— Ty... nie jesteś Matką Lasu, ty jesteś driadą! — wykrzyknął ku swojemu zdumieniu.

— Tak, jestem driadą, ty głupcze, ale jestem królową wszystkich driad i wszystkich żywych stworzeń w tym lesie, łącznie z tobą — odparła szalonym głosem — wszystkich zwierząt, roślin i drzew, którym mogę rozkazywać, co tylko zechcę. Mogę robić wszystko, co chcę, a inne driady robią, co im rozkażę. Tylko dzięki tobie wszystkie teraz umrą wraz ze swoimi dębami. Spójrz, co zrobiłeś idioto. Spowodowałeś tę rzeź w tym lesie tylko dlatego, że kochasz tę głupią Amarę.

— To nie moja wina! Nie obwiniaj mnie za coś, co spowodowałaś! Tak, masz rację, nie jesteś Matką Lasu. Ona kochałaby wszystkie żywe stworzenia i drzewa. Jesteś czystym złem, które próbowało mnie zmusić do miłości.

— Chciałam, tylko żebyś był moim niewolnikiem miłości, to wszystko. Czy to zbyt wiele, by o to prosić, gdy jesteś samą w lesie i nie masz dębu, który chciałby, żebym była jego? Zrobiłam to tylko dlatego, że chciałam być... kochana.

— Cóż, nigdy nie znajdziesz miłości, gdy działasz z zemstą, magicznymi zaklęciami i niegodziwością. To nie jest miłość — odparł Rupert, który po raz pierwszy zaczął jej współczuć.

— Odnajdę moją prawdziwą miłość bez względu na wszystko i nieważne z jakim człowiekiem. Nikt mnie nie zatrzyma. Nawet ty — oznajmiła i zniknęła, zostawiając Ruperta samego.

Usłyszał przerażający dźwięk drzew ścinanych przez strażników Henriego, zbliżających się coraz bardziej.

— Kocham cię Amaro, — szepnął do księżyca, mając nadzieję, że przekaże on wiadomość jedynej kobiecie, którą kiedykolwiek kochał.

* * *

Czując każde uderzenie ostrej siekiery wbijającej się głęboko w mój pień, byłem coraz bardziej pogodzony ze sobą. W końcu w tym życiu przeżyłem dwa życia. Jedno jako człowiek i jedno jako drzewo. Kto może to kiedykolwiek powiedzieć? Jednak największy ból w mojej duszy był dlatego, że nie słuchałem Amary i rozczarowałem ją w każdy możliwy sposób, oraz że nigdy nie okazałem jej bezwarunkowej miłości, na którą zasługuje, i którą zawsze czułem, ponieważ kierowało mną moje wielkie ego, myśląc, że Matka Lasu może mnie odczarować, ale się myliłem. Cóż, mogłaby zdjąć czar, ale kto by pomyślał, że nigdy tego nie zrobi z powodu własnych egoistycznych intencji zmuszenia mnie do pokochania jej? Gdybym jednak ponownie zdecydował się być człowiekiem, Amara umarłaby. Wydaje się, że wszyscy mamy w życiu własną misję i czasami nasze misje mogą kolidować ze sobą w najbardziej nieoczekiwany i niezwykły sposób.

Matka Lasu miała swoją misję.

Ja miałem swoją.

Każdy cios siekiery był jak kara za wszystko, co zrobiłem źle w życiu, a przede wszystkim w czasie, gdy byłem drzewem. Z każdym uderzeniem wiedziałem również, że moja misja w tym życiu nie została jeszcze ukończona, ani jako człowieka, ani jako drzewa, ale dlaczego drzewa miałyby mieć i wykonywać jakiekolwiek misje w życiu? Jesteśmy uważani przez ludzi za głupie i bezduszne, chociaż my widzieliśmy i doświadczyliśmy więcej, niż ktokolwiek może sobie wyobrazić. Tak mi przykro Amaro. Chciałbym tylko móc ci to powiedzieć oraz jak bardzo cię kocham. Kocham cię tak bardzo, że postanowiłem zostać dla ciebie jako drzewo, abyś mogła żyć.

Zacząłem tracić równowagę. Grupa czterech silnych mężczyzn wydawała się wykonywać dobrą robotę, wcinając się naprawdę głęboko w moje ciało, wyrywając mi serce i duszę.

Zakołysałem się na bok.

— Uwaga! — krzyknął najwyższy mężczyzna do pozostałych stojących obok mnie — Prawie koniec!

Byłem spokojny chociaż chciałem krzyczeć: — Jak śmiesz? Nie wiesz, kim jestem? Przestań natychmiast! Nie było jednak sensu, żebym próbował to powiedzieć. Nigdy by mnie nie usłyszeli. Nigdy by nie przestali. Chciałem tylko... chciałem tylko zobaczyć Amarę po raz ostatni przed śmiercią. Tak bardzo chciałem jej powiedzieć tyle rzeczy i ściskać ją, aż podrapałbym jej miękką i delikatną skórę. Chciałbym tylko móc pożegnać się z moją miłością, ale nigdzie jej nie było. Byłem sam i musiałem być odważny nawet w najciemniejszej godzinie, nawet w obliczu pewnej śmierci. Spojrzałem w dół, bo zostałem już rozcięty do połowy mojego pnia. Mężczyźni wyglądali na zmęczonych i zatrzymali się, pijąc wodę ze słoików, które przynieśli ze sobą. Wiedziałem, że koniec jest bliski i moje cierpienie dobiega końca. Miałem ujrzeć ciemność, a może światło. Miałem doświadczyć, jak to jest być... martwym. Nagle zobaczyłem dzięcioła siedzącego na przeciwległym drzewie obserwującego mnie ze łzami w oczach.

— Hej! Czy możesz coś dla mnie zrobić? — zapytałem.

— Ja? — odpowiedział ze zdziwieniem w głosie.

— Tak ty! Czy mógłbyś coś na mnie wyryć? Wiadomość dla kogoś... kogoś, kogo kocham?

— Teraz?

— Tak teraz.

— Co chciałbyś, żebym wyrył?

— Myślę, że znasz odpowiedź na to pytanie — odpowiedziałem i wyszeptałem w jego... no cóż, w miejsce, w którym powinno znajdować się jego ucho, niedaleko dzioba. Zabrał się do pracy natychmiast.

— Pospiesz, proszę! — powiedziałem do niego, wiedząc, że mój koniec jest bliski i może się zdarzyć w każdej chwili.

Wiedząc, że moja ostatnia wiadomość dla Amary właśnie została wyryta w korze, poczułem ogarniające poczucie spokoju. Mógłbym teraz umrzeć, wiedząc, że to, co chciałem jej powiedzieć, pozostanie we mnie na zawsze. Miałem tylko nadzieję, że to zobaczy, zanim potną mnie na więcej kawałków. Miała rację co do Matki Lasu. Ona nigdy nie miała mnie uratować. Nigdy nie miała mi pomóc. Była okropną, egoistyczną wiedźmą.

— Egotystyczna wiedźma? — usłyszałem jej głos, a kiedy spojrzałem w dół, zobaczyłem ją stojącą tuż przede mną, dosiadającą ogromnego wilka, który wcale nie wyglądał przyjaźnie.

Jego białe, ostre zęby lśniły w świetle księżyca. Warczał głośno, a ślina kapała po obu stronach jego przerażającej szczęki.

— Miałam nadzieję na wyrzuty sumienia, Rupercie — kontynuowała — miałam nadzieję, że... zmienisz zdanie... — dodała z przerażającym spojrzeniem.

— Jak śmiesz się tu znów pojawiać, w godzinie mojej śmierci i wciąż pouczać mnie? — odpowiedziałem wściekły, widząc jej zimną, bladą twarz bez emocji i współczucia dla mnie — chciałaś mnie zmusić, bym cię pokochał, ale gdy twój okropny, okrutny plan nie zadziałał, postanowiłaś mnie zabić. Jesteś bezduszną, bezlitosną kobietą i jedyne, co mogę ci teraz powiedzieć, to żal mi cię.

— Szkoda! — krzyknęła z wściekłością.

— Tak, szkoda! — powtórzyłem z przekonaniem — nie obchodzi cię nikt, ani nic, co cię otacza. Nie jesteś kochającą Matką Lasu, którą udajesz. Jesteś złem. Czystym złem i prędzej czy później każdy, kto ci służy, czy znajdzie się pod twoim czarem, zda sobie z tego sprawę, a karma nie będzie miała dla ciebie litości.

Twoje nikczemne zaklęcia nie będą miały już mocy i znikniesz w ciemności, zapomniana na zawsze, nie pozostawiając pozytywnego śladu na tym świecie. Staniesz się legendą, ale legendą, która przez stulecia będzie ostrzegać innych, że zło nigdy nie zwycięża, a miłość zawsze zwycięża.

— Miłość zawsze zwycięża? Naprawdę? — powiedziała, śmiejąc się głośno i z wyraźną pogardą — jeśli miłość zawsze zwycięża, gdzie jest teraz twoja prawdziwa miłość? Gdzie ona jest? Dlaczego ci nie pomaga?

— Ona jest moją prawdziwą miłością. Ja to wiem i ty to wiesz!

— Naprawdę? Driada, która nawet nie wie, kim jest... jest twoją prawdziwą miłością?

— Tak.

— Więc dlaczego nie obchodzi jej teraz twoja śmierć? Może dlatego, że cieszy się życiem ze swoją PRAWDZIWĄ MIŁOŚCIĄ, księciem Henri?

— Nieee! On nie jest jej prawdziwą miłością. Jest teraz sama przeze mnie, ponieważ ją odrzuciłem i kazałem jej odejść, ale wiem, że teraz wróci do mnie.

— Och biedny Rupi i myślisz, że teraz ją ty obchodzisz? Czy myślisz, że kogokolwiek obchodzi twoja śmierć? Jesteś jednym z milionów drzew w tym lesie, jesteś jednym z nich i nikogo nie obchodzi, czy zostaniesz ścięty, czy nie. Nikogo oprócz mnie, oczywiście. Gdybyś tylko powiedział słowo, gdybyś tylko powiedział, że naprawdę mnie kochasz, uratowałabym cię. Więc Rupercie? Kochasz mnie i chcesz być ze mną na zawsze?

—Nieeee!Nie chcę i nigdy nie będę! Wolę umrzeć i zostać pociętym na miliony kawałków niż być z tobą!

— Co? Wolisz śmierć od wiecznego szczęścia ze mną i moim doskonałym ciałem?

— Tak! — odpowiedziałem z największą pewnością siebie jako umierające drzewo, niż można sobie wyobrazić.

Gdyby tylko Amara zadawała mi to samo pytanie. Teraz jednak nic i nikt mnie nie uratuje. Wiedziałem, że zaraz... Moje myśli zaczęły znikać w ciemności nieba nad moją głową. Straciłem równowagę i upadłem.

Byłem... maaaarrt...

Rozdział 28

KONIEC JEST POCZĄTKIEM

Kiedy następnego dnia o zmierzchu Amara zbliżyła się do brzegu rzeki po wielogodzinnych poszukiwaniach Ruperta, nie myślała, że to, czego będzie świadkiem, będzie widokiem, który zapamięta na zawsze i to nie w dobrym znaczeniu.

— Rupercie!! Rupercie!! Gdzie jesteś? — krzyknęła po raz kolejny z pełną siłą w płucach, zanim zauważyła masywne drzewo leżące na ziemi.

Gwiazdy pojawiały się na niebie jedna po drugiej, lecz nie widziała jego liści, które mogłyby jej powiedzieć, jakie to drzewo. Kiedy podeszła jeszcze bliżej, wyraźnie zobaczyła, że to... dąb.

— O nie! — zawołała płaczącym głosem, który zbudziłby zmarłych — to nie możesz być ty! — dodała, gdy ustała tuż przy pniu.

Było cicho. W pobliżu nie było nikogo. Słyszała tylko świerszcze w paprociach i żaby rechtające nad brzegiem rzeki. Podeszła do niego jeszcze bliżej, tak blisko, że mogła dotknąć ciemnej kory, spalonej od ognia. Widząc wiele odciętych gałęzi, zapytała łamiącym się głosem; — Czy to ty Rupercie? Czy jestem za późno?

Z boku pnia zauważyła wyrycie w kształcie serca, które mówiło; ‚Rupert + Amara = Prawdziwa miłość.‘

Wiedziała, że to on. Ten mężczyzna był miłością jej życia. Wiedziała też, że straciła go NA ZAWSZE. Zamknęła oczy i wielkie łzy spływały jej po policzkach jak wodospad.

— Tak mi przykro, przepraszam, że się spóźniłam — szepnęła dławiąc się przez łzy.

Upadła bez życia, obejmując ramionami spalony pień pozwalając łzom płynąć z jej ciemnych oczu jak kłody porwane przez silny prąd rzeki. Nawet nie próbowała ich powstrzymać, bo i tak nie byłaby w stanie.

— Przepraszam, że cię wcześniej nie znalazłam. Przepraszam, że odeszłam i porzuciłam cię dla płytkiego i narcystycznego księcia Henriego. Nigdy bym tego nie zrobiła, gdybyś mnie nie odrzucił. Dlaczego to zrobiłeś, Rupercie? Dlaczego kazałeś mi odejść i kazałeś iść do piekła, kiedy niebo było tutaj z nami? — krzyczała w rozpaczy, widząc jak miłość jej życia umarła i nic nie mogła na to poradzić.

Nie mogła go już uratować.

Wszyscy jej leśni przyjaciele zebrali się wokół niej i Ruperta w milczeniu, obserwując ich z oczami pełnymi łez; Robin, rodziny borsuków ze swoimi maluchami, wiewiórka Leticia, kaczka mandarynka, Olek, wilki oraz jelenie ze świecącymi na niebiesko porożami.

— Co tu robicie? — zapytała przez łzy — Nie powinno was tu być! To nie jest przedstawienie, ani pogrzeb. Rupert nie umarł! On żyje! Zawsze będzie żył w moim sercu i duszy. On jest i zawsze będzie miłością mojego życia — kontynuowała, wstając z dumą, przemawiając najważniejsze słowa w swoim życiu — ten człowiek, Rupert, jest mężczyzną, który mnie kochał, tak samo jak ja kocham go całym sercem. On nie jest martwy. Jest teraz częścią tego lasu. Jest częścią Wszechświata i częścią nas. Jest częścią was i mnie. Słyszycie? On nie jest martwy. Nie ważcie się smucić lub żałować jego, ani mnie. On żyje pośród nas, tylko w innej formie. Nie przybyłam na czas, żeby mu powiedzieć, jak bardzo go kocham i że wybieram go bez względu na to, jak dziwacznym jest dębem. Spóźniłam się, ale teraz mówię to na głos. Mówię wam to. RUPERT JEST KSIĘCIEM, O KTÓRYM NALEŻY PAMIĘTAĆ, jest kochającym i opiekuńczym dżentelmenem i chcę, żebyście mu oddali szacunek, ale teraz odejdźcie! — powiedziała z ogromną pewnością w głosie, pomimo bólu w sercu, który był tak wielki, że mógł ją teraz z łatwością zabić.

Wszystkie zwierzęta patrzyły na nią wielkimi, załzawionymi oczami i żadne z nich nie odważyło się nic powiedzieć, ale też nikt się nie poruszył. Amara raz jeszcze upadła całym ciałem na bok jej ukochanego drzewa, obejmując je ramionami i zaczęła płakać, wiedząc, że potoku łez nie da się już powstrzymać i nie obchodziło jej, co powiedzą inni.

— Tak bardzo cię kocham, Rupercie. Kocham cię, kiedy ściskasz mnie, aż podrapiesz mnie gałęziami, kocham cię, aż prawie zatrujesz mnie grzybami z czerwonym daszkiem. Kocham cię do gwiazd i z powrotem. Kocham cię do środka ziemi i nie tylko. Kocham cię za twój zawadiacki uśmiech na twojej hubie i za twoją troskliwą naturę. Kocham cię za to, że ukryłeś mnie w jaskini, gdy uderzył cię piorun, kocham cię za to, że stawiasz mnie bezpieczną na brzegu rzeki, gdy zostaniesz porwany przez nurt rzeki. Kocham cię za to, kim jesteś i kim byłeś i byłbyś dla mnie, jesteś moim bohaterem, moją jedyną prawdziwą miłością, moją drzewną miłością.

Podczas gdy Amara tuliła głowę do martwego ciała Ruperta, książę Henri wyłonił się z paproci ze swoją świtą wściekłych bestii. Uśmiechał się, wydawał się dumny z siebie i zadowolony, że osiągnął swój cel, jakim było zabicie Ruperta. Jego wilki warczały na wszystkie zwierzęta zgromadzone wokół Ruperta i Amary, gotowe do ataku, jakby nie miały duszy i żadnego współczucia z powodu tego, co się stało.

— Jak możesz być tak okrutny? — zapytała Amara wstając i patrząc w złowrogie oczy Henriego — jak możesz być tak szczęśliwy z powodu śmierci Ruperta? Jak? — pytała go, wciąż siedzącego na koniu — Naprawdę jesteś potworem. Nie masz w sobie żadnych dobrych uczuć, prawda? Jesteś pełny nienawiści i zemsty. To właśnie cię napędza, prawda? — kontynuowała —Zastanawiam się jednak, czemu? Dlaczego zmieniłeś się w tego okropnego człowieka, ale może jest już za późno, żebym w ogóle o to pytała. Niektórzy ludzie są po prostu okrutni, tak jak ty, a powody są nieistotne. Jesteś, kim jesteś, ale jedyne, co mogę na to powiedzieć to, że żal mi ciebie. Musisz być naprawdę nieszczęśliwym człowiekiem, aby żyć według tak niskich standardów i wartości. Życzysz innym źle i myślisz, że nie będzie to miało żadnych konsekwencji, ale mam dla ciebie wiadomość. Ten Wszechświat jest sprawiedliwy. Tym Wszechświatem rządzi miłość, a nie nienawiść, a miłość zawsze zwycięża — dodała z przekonaniem, którego ten las nigdy wcześniej nie widział.

Następnie zwróciła się w stronę dzikich bestii u jego boku, które pokazywały swoje ostre zęby ociekające śliną, gotowe do ataku, gdy tylko ona lub którykolwiek z jej zwierzęcych towarzyszy wykonałby zły ruch.

— Nie musicie być takie. Nie musicie być złe. Ja wiem, kim naprawdę jesteście. Jesteście stworzeniami tego cudownego lasu, a ten las to czysta miłość. Więc wy też musicie być miłością. Zapomnieliście o tym będąc pod urokiem tego niegodziwego człowieka, ale wierzę w was. Wierzę w dobroć waszej duszy. Zaufajcie mi, kiedy mówię; Kocham was i zawsze będę was kochać. Bo jesteście moimi przyjaciółmi i pozostaniecie nimi na zawsze — powiedziała, a bestie ukryły białe zęby, przestały wydawać groźne dźwięki i wpatrywały się w Amarę wielkimi oczami, jak gdyby zahipnotyzowane. — Kocham was — powtórzyła, a wszystkie wilki skłoniły się przed nią, wydając przepraszający dźwięk, jakby obudziły się z długiego koszmaru.

— Widzę co tu zrobiłaś! — wykrzyknął Henri zdając sobie sprawę, że stracił wszystkie swoje bestie — Myślisz, że wygrałaś. Mylisz się. Wciąż mam miecz i mogę cię zabić — dodał wyciągając szybkim ruchem miecz i wycelował w głowę Amary lecz wszystkie jego wilki wskoczyły na niego, zrzuciły go z konia i rozerwały jego ciało na kawałki.

Amara otworzyła oczy po tym jak myślała, że Henri zabije ją jednym ciosem miecza, ale nie zobaczyła nawet ciała Henriego. Bestie nie zostawiły zbyt wiele nawet hienom, które zawsze chętnie pomagały w takich chwilach. Poczuła się tak, jakby zapadała w głęboki sen, coraz słabsza, jakby sama miała umrzeć. Położyła swoje omdlałe ciało na pniu, zamknęła oczy i poddała się, pozwalając, aby tak było. Pozwoliła temu uczuciu przejąć kontrolę. Stawała się nieruchoma, bezsilna i gotowa na śmierć.

— Co się ze mną dzieje? — pomyślała, coraz mocniej ściskając martwe ciało Ruperta, patrząc na gwiazdy pokrywające ciemne niebo milionem iskier. — Gdzie jesteś, Rupercie? Czy jesteś teraz jedną z nich? Czy jesteś teraz gwiazdą? — szepnęła, tonąc w ciemności największego bólu jej życia — Dziękuję, że byłeś częścią mojej egzystencji. Dziękuję, że byłeś częścią mojej historii — dodała resztkami sił — JESTEŚ PRAWDZIWĄ MIŁOŚCIĄ, KTÓREJ SZUKAŁAM CAŁE ŻYCIE — powiedziała i zamknęła oczy, gotowa poddać się Wszechświatowi —KOCHAM CIĘ — wyszeptała, a setki motyli pulsujących niebieskim blaskiem owinęło ją i Ruperta, oślepiając wszystkie zgromadzone zwierzęta, które były oszołomione tą magiczną sceną.

— TEŻ CIĘ KOCHAM — Amara usłyszała znajomy głos, a kiedy podniosła ciężkie powieki, zobaczyła jak czułe oczy Ruperta błyszczą w świetle księżyca.

— Ty żyjesz! Ty naprawdę żyjesz!

— Tak, kochanie, ty też — odparł Rupert i powoli podniósł się, znów wyglądając potężnie i silnie wraz ze swoimi odrodzonymi gałęziami i liśćmi, jakby nigdy nic się nie wydarzyło.

— Ty nie umarłeś...

— Żyję dzięki tobie, dzięki twojej prawdziwej miłości do mnie — odpowiedział, obserwując ją swoimi załzawionymi oczami.

— Ale jak to możliwe?

— W jaki sposób? Cóż, ty jesteś częścią mnie, a ja jestem częścią ciebie. Na zawsze, dopóki jedno z nas żyje, możemy ocalić się nawzajem przed śmiercią.

—Naprawdę? Jestem taka szczęśliwa. Przepraszam cię Ru...

— Ciiiii...

— Czy mi wybaczysz? — zapytała.

— Czy ci wybaczę? Za co chcesz, żebym ci wybaczył? Jesteś moim przebaczeniem, miłością i współczuciem. Jesteś także moją driadą i będziesz żyła tak długo, jak ja żyję, czyli nawet tysiąc lat i dłużej. Mam nadzieję, że to dla ciebie dobra wiadomość? — dodał z delikatnym, kochającym uśmiechem.

— Jestem... driadą? — spytała z wyraźnym zdziwieniem w głosie.

— Tak. Moją driadą. To wszystko przez niegodziwą Matkę Lasu, ale ona już nie skrzywdzi ani ciebie, ani mnie. Mogę ci to przysiąść. Uratowałaś mnie, bo naprawdę mnie kochałaś, a teraz ja będę żyć dla ciebie, bo też cię kocham. Zdecydowałem się pozostać drzewem, ponieważ chcę cię kochać na zawsze — powiedział podnosząc ją swoimi dwoma nowo-odrodzonymi gałęziami.

— Zdecydowałeś się być drzewem? Czy to znaczy, że poświęciłeś swoje życie jako książę, żeby być ze mną?

— Miłość nie jest ofiarą. Miłość to wybór, a ja nie mogłem wybrać inaczej. Żyjąc jak książę, ale utraciwszy ciebie oznaczałaby wieczną śmierć dla mojej duszy. Jak mógłbym zdradzić swoją duszę? Chcę żyć i dzielić się z tobą moją miłością na wieki wieków — odpowiedział, wirując z Amarą w radosnym tańcu.

— Mówią, że miłość nie trwa wiecznie, ale czy pięć tysięcy lat cię uszczęśliwi? Gdybym mógł żyć tak długo, a jest to możliwe w mojej obecnej sytuacji, czy kochałabyś mnie tak samo jak ja ciebie, przez pięć tysięcy lat? A gdybym mógł kochać cię przez dziesięć tysięcy lat, czy ty też kochałabyś mnie tak długo? A gdybym mógł cię kochać NA ZAWSZE, nawet jeśli umrę, nawet jeśli pokroją mnie na kawałki i zrobią ze mnie stół, czy nadal kochałabyś mnie?

— Oczywiście, że tak. Będę cię kochać do końca Wszechświata i z powrotem, — odparła Amara mocno go przytulając.

Wszystkie zgromadzone zwierzęta wiwatowały i klaskały, czym tylko mogły; łapami, kopytami, żabimi udkami, a Robin powtarzał; O kuwak! Co za historia!

— Naprawdę jestem częścią ciebie, a ty jesteś częścią mnie, na wieki wieków!— wykrzyknęła Amara i jeszcze bardziej wyciągnęła ramiona, owijając Ruperta i powoli zniknęła w jego korze. Miliony świetlików otoczyły Ruperta w tańcu wiecznej namiętności światła miłości.

— No proszę — wszyscy usłyszeli niski, przerażający głos Matki Lasu, która przybyła na miejsce z bestią w srebrnym futrze.

— Przegrałaś. Odejdź i zostaw nas w spokoju. Nasza miłość zwyciężyła i nic nie możesz na to poradzić — powiedział Rupert, trzymając Amarę u swego boku.

— Ha! Ty głupcze! Myślisz, że przegrałam? Mylisz się. Nie przegrałam i oboje zapłacicie za swoją głupotę i upór! — wrzasnęła i uniosła rękę, trzymając w niej długi drewniany kij, jakby próbowała zmusić wszystkie siły zła, by się pojawiły i zniszczyły porządek świata.

Rupert widząc co się wydarzy, uderzył ją gałęzią z pełną siłą. Z hukiem upadła na ziemię i straciła przytomność, ale walka dopiero się zaczęła. Bestia otworzyła szczękę, pokazując olbrzymie zęby ociekające śliną, warcząc na Ruperta, gotowa do ataku. Rupert zaledwie jednym ruchem gałęzi wyrzucił wilka wysoko w powietrze, który spadł na ziemię, aż zapiszczał.

— Nieee! Przestań! To Runo! — wykrzyknęła Amara rozpoznawszy ukochanego przyjaciela i podeszła do niego, leżącego na ziemi ciężko rannego, krzywiącego się z bólu.

— Runo, to ja, Amara. Twój najlepszy przyjaciel pamiętasz? — spytała, delikatnie dotykając jego srebrnego futra na głowie, gdy ten wpatrywał się w jej oczy, jakby był zdezorientowany.

— Kocham cię Runo i wiem, że ty też mnie kochasz — szepnęła do jego nastawionych dużych uszu, ukształtowanych w trójkąt, tak jak za każdym razem, gdy był niegrzeczny lub chciał się bawić — kocham cię — powtarzała, a Runo stawał się coraz spokojniejszy, jakby zasypiał — byłeś pod urokiem tej nikczemnej Matki Lasu, ale teraz jesteś ze mną, bezpieczny — kontynuowała i dotknęła białego serca w jego srebrnym futrze, jakby próbowała połączyć się z jego prawdziwym sercem.

Zadziałało. Runo wstał i polizał jej twarz, chcąc się przytulić.

— Och, wróciłeś, kochanie! — powiedziała radosnym głosem Amara, przytulając go i całując.

Rupert spojrzał na Matkę Lasu, która leżała na ziemi, oszołomiona tą sceną. Kiedy otworzyła usta, pająki, wielkie jak niedźwiedzia pięść, które podążały za nią jako jej słudzy, wpełzły na jej ciało szybko tkając na niej swoje sieci i wkrótce zmieniły ją w gigantyczny kokon. Wilki, które poprzednio były pod urokiem Henriego rozerwały ją na kawałki, a wszelkie jej szczątki zamieniły się w karaluchy biegające wokół łap jeleni, które stawały na nie, ale widząc, że każdy kawałek jej ciała zamieniał się w nowego karalucha, jelenie zaczęły na nie skakać, chcąc rozdeptać każdego karalucha, a jedyną rzeczą, która po nich została, były plamy ich obrzydliwego ciała. Karma dosięgła zarówno Henriego, jak i Matkę Lasu. Oboje umarli śmiercią, na którą zasłużyli za to, jak żyli swoim życiem. Ponieważ karma dociera do każdego. Dobrego i złego. Wszyscy musimy ponosić konsekwencje naszych czynów.

— Moi przyjaciele. To tylko początek. Początek szczęśliwych czasów w tym lesie. Nikt nie będzie cierpieć ani podlegać złym czasom tej wiedźmy, która nazywała siebie Matką Lasu. Teraz możemy żyć w pokoju, harmonii i miłości. Będziemy to robić nadal. Miłość i sprawiedliwość zawsze wygrywają. Wszechświat nas kocha i chroni, Wszechświat jest częścią nas, a my jesteśmy częścią Wszechświata. Jesteśmy naturą, jesteśmy dobrem i pokojem, które łączy tę fizyczną egzystencję. Razem możemy żyć, kochać i istnieć. Razem na zawsze będziemy chronić to, co mamy, aby nasze dzieci i ich dzieci nauczyły się kochać i doceniać. Dziękuję wam wszystkim za pokazanie mi, co naprawdę oznacza bycie częścią WAS. Dziękuję wam za pomoc w odkryciu, co naprawdę oznacza prawdziwa miłość. Miłość jest w nas wszystkich, miłość jest w tobie,

Robin, miłość jest w tobie borsukowa mamo, miłość jest w tobie Runo, miłość jest w tobie Amaro, miłość jest we mnie, starym, ale młodym dębie. Miłość jest wszędzie. Jest to najpotężniejsza siła we wszechświecie i zawsze zwycięży! — powiedział Rupert dumny ze wszystkich lekcji, jakich nauczył się dzięki istnieniu jako drzewo.

Wszystkie zwierzęta wiwatowały i tańczyły do najsłodszych piosenek granych przez świerszcze i żaby, ściskały i całowały drzewa, a cały las świętował zwycięstwo miłości nad złem.

Świetliki wraz ze świecącymi na niebiesko motylami wzleciały wysoko w gwiaździste niebo i wszyscy patrzyli, jak piszą wiadomość dla reszty świata:

ZNAJDŹCIE

DRZEWNĄ

MIŁOŚĆ

EPILOG

Rupert i Amara w końcu zjednoczyli się na zawsze, a ich miłość stała się wieczna.

Wieczna, czyli… trwająca na zawsze, na wieki wieków. Musisz wiedzieć, że Rupert i Amara nadal żyją. Mieszkańcy pradawnego magicznego lasu, który jest obecnie Wielkim Parkiem w Windsorze, często widzą, jak ich sylwetki czule obejmują się pośrodku największego dębu. Ich miłość jest naprawdę wieczna, ponieważ trwa już ponad pięćset lat i zostanie zapamiętana na zawsze, bo przecież prawdziwa miłość zawsze wygrywa. Wieczna miłość, której my jako ludzie zawsze szukamy, ale rzadko znajdujemy. Następnym razem, gdy odwiedzisz Wielki Park w Windsorze, znajdź dąb Ruperta i jego driady Amary. Przytul się do niego. Poczuj jego energię i ciesz się ich miłością do ciebie. Mieszkańcy mówią, że każdy, kto przytuli dąb Ruperta i Amary, także odnajdzie wieczną miłość w swojej ludzkiej egzystencji.

Turyści z całego świata często przysięgają na własne życie, że widzieli cienie ludzkich sylwetek Ruperta i Amary biegających i tańczących wśród drzew, wtapiających się w turkusowe głębiny wodospadu w parku Virginia Water, delikatnie przytulających się i całujących na jego powierzchni ciągnąc się nawzajem we wszystkich kierunkach, ale nigdy nie opuszczając swoich uścisków i dotyku rąk, wtapiając się w jezioro i znikając w nim, mieszając się ze zmarszczkami wody migoczącymi w zachodzącym słońcu o zmierzchu. Ich śmiech odbija się echem od skał i rozpływa w odległych dolinach. Niektórzy mówią, że widzą z nimi także kogoś innego; sylwetkę najpiękniejszej ciemnowłosej dziewczyny, jaką można sobie wyobrazić, chichoczącej najsłodszym głosem, bawiąc się z kaczuszkami na brzegu i podążającej za nimi do jeziora, aby się z nimi kąpać.

Duchy Ruperta, Amary i ich córki zawsze lśnią tym, co obserwatorzy nazywają wiecznym światłem miłości, aurą kolorowych tęczy wokół nich, promieniujących nieziemską radością i błogością, jakby żyli razem w doskonałej harmonii, którą każdy chce znaleźć w życiu, jeśli można to oczywiście nazwać życiem. Są teraz duszami lasu i będą żyć wiecznie, dopóki będą mieli swój las, swoje niebo na ziemi, w którym mogą mieszkać.

Niedawno jeden z turystów patrzył na ogromny dąb w pobliżu pomnika Miedzianego Konia Jerzego IV i przysięgał, że widział ich szczęśliwe twarze, uśmiechające się do niego, żyjące w tym drzewie. Amara mocno przytulała silne ciało Ruperta, jakby przez cały ten czas nigdy się nie rozstawali, ale gdy chciał zrobić zdjęcie, oboje wtopili się w jego korę. Dreszcz przeszedł po jego kręgosłupie, dając mu do zrozumienia, że to nie jest widok do zrobienia zdjęcia, ale mieszkańcy Windsoru mówią, że Rupert i Amara chętnie dzielą się swoją miłością z każdym, kto tego pragnie, więc jeśli naprawdę chcesz poczuć ich miłość, wystarczy przytulić ich dąb, zamknąć oczy, pozwolić przeniknąć promieniom słońca i delikatnej bryzie na skórze, owijającej każdy kosmyk włosów. Wdychaj głęboko świeże powietrze i pozwól łzom napełnić oczy. Zobaczysz wtedy przebłysk nieba, prawdziwego raju natury.

Windsorianie mówią również, że córka Ruperta i Amary ma na imię Driana. Wielokrotnie słyszeli to imię jakby szeptane im do uszu podczas spacerów po parku. Twierdzą, że jest teraz olśniewającą pięknością z kasztanowymi włosami i porcelanową skórą, która czasami mieni się w świetle księżyca i zmienia kolor na lekko zielony w porannym słońcu. Biega wokół dębów trochę zagubiona, być może szukając własnego miejsca na ziemi, ubrana tylko w liście dębu wokół talii i naszyjnik z żołędzi zakrywający jej piersi. Nosi koronę kwiatową wykonaną z dzwonków i jaśminu, więc kiedy przechodzi jako duch obok nich, czują odurzający zapach, pozostawiający ich, zwłaszcza mężczyzn, jakby zahipnotyzowanych, dlatego Windsorianie ostrzegają wszystkich samotnych mężczyzn, aby nie chodzili sami do Wielkiego Parku Windsor, ponieważ Driana, zgodnie z legendą, wciąż nie znalazła prawdziwej miłości od ponad pięciuset lat, podobno chcąc znaleźć miłość tak głęboką i wieczną jak ta jej rodziców, Ruperta i Amary. W rezultacie mężczyźni mogą zostać przez nią uwiedzeni i trzymani w niewoli jako jej niewolnicy miłości, ponieważ to właśnie mogą robić diady, jeśli tego chcą, ale pewnie wiesz, jak to jest z legendami. Tylko niektóre są prawdziwe. Rupert i Amara będą żyć wiecznie, kąpiąc się w swojej głębokiej, prawdziwej i wiecznej miłości, ponieważ ich przeznaczeniem zawsze było Znaleźć Drzewną Miłość.

Ty też ją znajdziesz,
Ale tylko jeśli chcesz jej poszukać.
Ona istnieje
Głęboko w twoim sercu i duszy.
Ponieważ PRAWDZIWA miłość to wybór.
Podobnie jak DRZEWNA miłość.

Nie jestem księżniczką.
Nie jesteś księciem,
Ale bądźmy dumni z tego, kim naprawdę jesteśmy.
Jesteś wszystkim, o czym kiedykolwiek można marzyć.
Jesteś częścią mnie
I ja jestem częścią ciebie.
Jesteśmy jednością, kiedy stajemy się jednością.
Jesteśmy MIŁOŚCIĄ.
Wszyscy możemy ją znaleźć.
Kiedy znajdziemy drzewną miłość.

KONIEC